Buchbeschreibung:
Paula braucht Ordnung! Ihr Leben ist geplant und sicher, vielleicht etwas eintönig, aber trotzdem ist das gut so. Denn sie ist ganz und gar nicht der Typ für Überraschungen.

Vor allem hätte sie darauf verzichten können, ihren langjährigen Freund mit einer Anderen in flagranti zu erwischen.

Paulas geordnetes Leben wirbelt durcheinander, als wäre ein Tornado darüber hinweg gefegt, und hätte alles mit sich gerissen.

Sie muss etwas ändern! Ihr Leben soll spannend und aufregend werden, und sie beschließt, ein spontanes Jobangebot in einer absoluten Traumstadt anzunehmen. Paris!

Wenn da nur nicht Nic wäre, dem sie kurz vor ihrer Abreise einfach nicht widerstehen konnte. Aber darüber muss sie sich keine Gedanken mehr machen, denn Nic ist in Frankfurt und sie bald weit, weit weg. Oder?

Merci Paris

Liebe auf den ersten Klick

Von Rose Bloom

Rose Bloom
c/o Papyrus Autoren-Club
Pettenkoferstr. 16-18
10247 Berlin

info@rose-bloom.de
www.rose-bloom.de

Bitte beachtet; erfundene Figuren müssen sich nicht um Verhütung oder Krankheiten kümmern! Das sieht in der Realität allerdings anders aus, deshalb seht dieses Buch in diesem Thema nicht zu eng.

1. Auflage, 2016
Rose Bloom
c/o Papyrus Autoren-Club
Pettenkoferstr. 16-18
10247 Berlin

info@rose-bloom.de
www.rose-bloom.de

Lektorat: Claudia Perc, www.claudiaperc.de

Kapitel 1

Dezember 2014

Ich rieb mir die Finger, die trotz der gefütterten Handschuhe eine gefühlte Temperatur jenseits der Null-Grad-Grenze angenommen hatten. Diesmal war der Dezember wirklich kalt. Nicht wie die Jahre zuvor, in dem es im letzten aller Monate noch nicht einmal geschneit hatte. Nein, nun lag eine dicke Schneeschicht auf dem Bürgersteig und zog sich wie eine weiße Haut über den Asphalt. Unter meinen Schuhen knirschte es, während ich mich stetig über die rutschige Eisfläche vorwärts kämpfte.

Auch wenn es draußen eiskalt war, glühte ich innerlich vor Aufregung. Lange hatte ich mir Gedanken darüber gemacht, was ich meinem Freund Dennis zu Weihnachten schenken könnte, bis mir das perfekte Geschenk eingefallen war.

Vor einigen Monaten saßen wir beim Frühstück in seiner Wohnung. Vor ihm lag eine aufgeschlagene Zeitung und er tippte mit seinem Finger auf eine Werbung darin. »Da will ich unbedingt mal hin, Afrika!«, nuschelte er mit vollem Mund und biss erneut von dem Marmeladenbrötchen in seiner Hand ab.

Afrika. Wieso nicht, dachte ich mir. Ich war bisher noch nicht sehr weit gekommen. Auch wenn meine Eltern das genaue Gegenteil von arm waren, hatten sie doch viel zu viele Verpflichtungen, als dass mein Bruder Max und ich mit ihnen jährliche Familienurlaube verbrachten.

Neben den Besuchen bei meiner Oma in Paris, die für mich das absolute Highlight darstellten, hatte ich reisetechnisch nicht wirklich etwas zu bieten.

Dennis und ich waren in unseren drei Jahren Beziehung einmal in Österreich gewesen. Natürlich redeten wir darüber, auch andere Teile der Welt zu entdecken, aber mein Freund war in seinem Job als Unternehmensberater mehr als eingespannt. Die Geschäfte gingen gut und Urlaub konnte man sich als Selbstständiger nur selten leisten.

Ich war als Fotografin in einem Fotostudio etwas flexibler und hätte einige freie Tage sehr gut gebrauchen können. Allein schon, um meinem nervigen Chef und dem Alltagstrott zu entkommen. Aber was soll's. Dafür hatte ich die vergangenen Wochen und Monate gespart, denn meine Eltern um Geld zu bitten, kam überhaupt nicht in Frage.

Normalerweise verbrachten Dennis und ich die Weihnachtsfeiertage bei unseren eigenen Familien und somit getrennt. Dennis fuhr nach Hamburg zu seinem Vater und ich blieb hier in Frankfurt und traf mich dort mit Max bei unseren Eltern. Das war für uns beide in Ordnung, denn mein Bruder und er waren wie Feuer und Eis, und sie hätten nur wieder einen Streit provoziert, den man an Heiligabend nicht unbedingt gebrauchen konnte. Außerdem hatten wir uns in den letzten Jahren dafür an Silvester gesehen und auch dort die Geschenke übergeben.

Auch wenn seine Geschenkeauswahl nicht unbedingt meinen Geschmack traf, machte es mir nichts aus, denn ich legte nicht wirklich Wert darauf. Teure Geschenke bekamen wir von unseren Eltern zur Genüge und diese füllten nur eine materielle Lücke, da sie keinerlei persönliche Bedeutung trugen.

Ich jedoch liebte es, passende Geschenke zu machen. Und dieses Jahr war ich mir sicher, einen Volltreffer gelandet zu haben.

Aus diesem Grund hielt ich es keinen Tag mehr länger aus und musste ihn damit heute schon überraschen. Heimlich hatte ich mir vorgestern Morgen den Ersatzschlüssel seiner Wohnung, der in der Kommode im Flur lag, ausgeliehen, und wollte ihm die Flugtickets nun in meiner Mittagspause auf seinen Esstisch im Wohnzimmer legen. Er war um diese Uhrzeit meistens in seinem Büro in der Stadtmitte und so hatte ich genug Zeit, alles herzurichten. Auch wenn ich seine strahlenden Augen beim Auspacken nicht sehen konnte, war ich mir doch sicher, wir könnten morgen Abend, wenn wir ohnehin verabredet waren, bei einem Schluck Sekt darauf anstoßen.

Aufgeregt öffnete ich die Haustür und ging die zwei Stockwerke in dem Altbau nach oben. Die schiefen, dunkelbraunen Treppen knarzten, bis ich endlich vor seiner Wohnung ankam und die Tür aufschloss.

Ich betrat den Flur und drückte die Tür hinter mir zu, verharrte in der Bewegung, als ich leise Musik im Hintergrund hörte. War Dennis doch schon zuhause oder arbeitete er heute von daheim aus?

Ich lief den langen Gang Richtung Wohnzimmer entlang, und blieb überrascht in der Mitte des Flurs stehen, als ich Stimmen und etwas Anderes vernahm. Mein Herz pochte aufgeregt und mein Hals schnürte sich zu, denn was ich hörte, war unmöglich wahr! Je näher ich der Schlafzimmertür kam, desto lauter wurden die Geräusche. Eindeutig konnte ich nun etwas innerhalb der

Wohnung vernehmen und mir keinen Reim darauf machen. Mit zittrigen Fingern griff ich zur Türklinke des Zimmers, aus dem die Laute hervordrangen.

Ich stockte. Wollte ich das wirklich sehen? Vielleicht war dies ein Missverständnis, denn es konnte nicht so sein, wie es sich anhörte. Es durfte nicht so sein!

Fest drückte ich die Tür auf und hielt geschockt die Luft an.

Dennis nackte Rückseite war zu mir gewandt und bewegte sich im Bett auf und ab, während unter seinen Seiten zwei lange, schlanke Frauenbeine hervorlugten, die sich um seine Hüften geschlungen hatten. Ekstatisches weibliches Stöhnen drang gedämpft unter ihm hervor, während Dennis schwitzend und keuchend immer wieder in sie stieß.

Übelkeit stieg in mir hoch. Ich musste schlucken, um mich nicht an Ort und Stelle auf das dunkle Echtholzparkett der Wohnung übergeben zu müssen.

Meine Tasche knallte lautstark auf den Boden, und ich sah diese unwirkliche Szenerie vor mir wie in Trance. Dennis drehte sich ruckartig nach hinten um, sprang von der Blondine unter ihm und fluchte laut: »Scheiße!«

Am liebsten wäre ich hinübergegangen und hätte beiden ins Gesicht geschlagen. Ihm zumindest irgendeinen Spruch an den Kopf geknallt, was für ein mieses Schwein er doch war. Hätte ihn verflucht für die letzten drei Jahre, in denen er mich des Öfteren versetzt hatte. Und das vielleicht sogar aus diesem Grund?

Aber in Wirklichkeit stand ich nur da. Mir langsam die Tränen wegblinzelnd und still. Ich konnte nichts dergleichen tun, noch nicht einmal gehen, so sehr hielt mich der Schock gefangen.

»Paula! Was machst du hier? Ich dachte .... scheiße!«

Dennis war aufgesprungen, zog sich eine Boxershorts, die neben dem Bett lag, über, und eilte zu mir. Noch bevor er mich berührte, konnte ich mich endlich aus meiner Starre befreien und zuckte zurück.

»Fass mich nicht an, du widerlicher Mistkerl!«, fauchte ich ihm entgegen und bückte mich nach meiner Tasche.

Ein letzter Blick auf ihn, wie er sich mit den Fingern beschämt durch die Haare fuhr. Seine blauen Augen, bei denen ich bisher gedacht hatte, ich kannte sie in- und auswendig, schauten mir mitleidig entgegen.

Ich wollte ihm so viele Fragen stellen.

Weshalb war er noch mit mir zusammen, wenn er schon längst eine andere vögelte?

Wie lange ging das mit den beiden?

War es ein One-Night-Stand?

Hatte er noch andere Frauen in den letzten Jahren?

Wieso?

Aber ich fragte nichts dergleichen. Ich wusste, es würde nichts an meinem Entschluss ändern.

Nämlich ihn zu verlassen.

Kapitel 2

Mai 2015

Viel zu spät stürzte ich aus meiner Wohnung, schloss ab und fluchte danach laut.

»Verdammt!«

Ich drehte mich um und schloss die Tür zum zweiten Mal auf. Hastig rannte ich zur Flurkommode und griff nach meinem Portemonnaie. Ohne Geld kam man in meiner Heimatstadt nicht sehr weit, vor allem nicht bei der Busfahrt zu meiner Arbeit. Mit den Fingern strich ich mir eine dunkelblonde Haarsträhne hinter das Ohr und riskierte noch einen letzten abgehetzten Blick in den Spiegel. Meine braun-grünen Augen zuckten hektisch über mein Spiegelbild und ich war relativ zufrieden, was ich dort sah. Zumindest heute, weil ich mich ein wenig schicker zurechtgemacht hatte für das, was ich nach Feierabend vorhatte.

Mein Arbeitsplatz, das Fotostudio Koch, lag ungefähr 15 Busminuten von meiner Wohnung entfernt. Ich arbeitete dort seit meiner abgeschlossenen Ausbildung als Fotografin. Ich liebte es schon immer, zu fotografieren. Seit ich meine erste

Kamera mit zehn Jahren von meiner Oma geschenkt bekommen hatte, knipste ich alles, was mir vor die Linse kam. Fotografin war mein absoluter Traumberuf und es kam für mich damals wie heute nichts anderes in Frage.

Allerdings hatte ich mir die Arbeit in diesem Beruf dann doch etwas anders vorgestellt. Ich wollte die Welt bereisen, viele verschiedene Menschen kennenlernen, Orte sehen und auf Bildern festhalten.

Um nach meiner Ausbildung in dem Beruf sicher zu werden, bewarb ich mich um die Stelle bei Herrn Koch in Frankfurt und erhielt sie direkt. Ich wollte dort viel lernen, um auf dem Markt erfolgreich einsteigen zu können, damit ich mir irgendwann etwas Eigenes aufbauen konnte.

Mein Chef lockte mich, wie sich mittlerweile herausstellte, mit falschen Tatsachen, denn er erzählte mir damals, dass ich Außenshootings organisieren und ausführen sollte. Ein Traum!

Leider war die Realität anders. Ich verbrachte den Tag nämlich damit, Passfotos von Teenagern zu machen oder Kinder so aufzunehmen, dass die Eltern stolz die Fotos in ihrem Bekanntenkreis herumzeigen und erzählen konnten, wie brav die Sprösslinge dabei doch gewesen waren. Auch wenn es überhaupt nicht so war und ich für solche

Aufträge fast Schmerzensgeld verlangen sollte.

Ich langweilte mich unendlich, hatte aber nicht den Mut, mich in die freie Welt hinauszuwagen. Lieber wollte ich noch einige Zeit hier verbringen, um mir ganz sicher sein zu können, dass ich genug Kompetenzen hatte, um draußen bestehen zu können.

Wenn ich es mir jedoch eingestand, lag es nicht unbedingt an mangelndem Können, sondern mehr an meiner puren Angst. Angst, zwischen den vielen verschiedenen Fotografen unterzugehen. Angst zu versagen und ohne Job dazustehen. Angst, irgendwo anders als in meinem gewohnten Frankfurt zu sein.

Mein Bruder Max versuchte ständig, mich zu ermutigen, doch einmal etwas zu wagen. Aber er hatte gut reden, war er doch ein total anderer Typ als ich.

Selbstbewusst, offen und scheute nicht das Risiko.

Ich bewunderte ihn, als meinen perfekten großen Bruder. Er führte ein Leben, wovon andere träumten. Hatte sich im letzten Jahr als Immobilienmakler selbständig gemacht und half seiner Freundin Isa in ihrer Bäckerei oft aus.

Die beiden hatten eine ganz und gar harmonische Beziehung, liebten sich und vertrauten sich. Wenn ich da an mein eigenes vergangenes Beziehungsdrama dachte, wurde mir schon wieder übel.

Endlich auf der Straße angekommen, schluckte ich diese Übelkeit hinunter, streckte den Kopf Richtung Himmel und spürte die dicken schweren Tropfen, die auf den Bürgersteig vor mir prasselten. Das Wetter spiegelte genau meinen Gemütszustand wider, den ich seit Monaten in mir trug.

Ich öffnete meinen wohl wertvollsten Besitz, einen roten Regenschirm, der seine besten Zeiten eigentlich hinter sich hatte, und machte mich eilig auf den Weg zur Bushaltestelle.

Jedes Mal, wenn ich diesen über mir aufspannte, dachte ich mit glücklicher Wehmut an unsere Oma Inès zurück, die ihn mir vor vielen Jahren geschenkt hatte. Vor fünf Jahren war sie von uns gegangen, was mich immer noch sehr schmerzte. Sie kam ursprünglich aus Frankreich, genau genommen Paris, und arbeitete dort in jungen Jahren als Fotomodel.

Seit ihrem Tod war ich nicht mehr in der Stadt gewesen, weil es mich einfach viel zu sehr an sie erinnerte. Fest nahm ich mir vor, endlich einige Urlaubstage zu nehmen, die ich aus den letzten Jahren noch angehäuft hatte und wieder einmal dort hinzufahren.

»Sie sind zu spät. Schon wieder«, donnerte mir mein Chef Dieter Koch entgegen, noch bevor ich vollständig die Eingangstür durchschreiten konnte.

Beschämt strich ich mir eine Haarsträhne hinter das Ohr. »Es tut mir leid. Ich hab mein Handy vergessen, und dann musste ich nochmal zurück, weil ...«

»Ist mir egal!«, unterbrach er mich und ich schluckte. »Ständig kommen Sie wegen irgendwelcher Lappalien und Ausreden zu spät. Bemühen Sie sich doch endlich um etwas Pünktlichkeit!«

Ich nickte und kaute nervös auf meiner Lippe. Mein Chef war ein Ekel, wie er im Buche stand. Er selbst saß den ganzen Tag in seinem Büro und meine Kollegin Natalie und ich schufteten einen Termin nach dem anderen ab.

Im Augenwinkel sah ich sie hinter der Empfangstheke sitzen und die Augen rollen. Ihre blonde, kinnlange Frisur wippte im Takt ihres Kopfes, während sie ihn hinter seinem Rücken nachäffte und ich mir ein Grinsen verkneifen musste.

»Es tut mir leid«, wiederholte ich erneut. Er schnaufte wütend, drehte seinen untersetzten Körper auf dem Absatz herum und verschwand wieder in seinem Büro. Erleichtert atmete ich aus.

»Morgen!«, begrüßte mich Natalie grinsend und ich erwiderte: »Morgen!«

»Deine erste Kundin wartete schon im Studio. Babyshooting«, sagte sie und ich konnte mir ein Stöhnen nicht unterdrücken.

»Nee oder. Wieder so eine Übermutter?«, fragte ich gedämpfter, damit die Kundin es im Nebenraum nicht hören konnte.

»Schlimmer!«, bestätigte mir Natalie leise. Ich hängte meinen beigefarbenen Trenchcoat und den Schirm an den Garderobenständer neben der Tür, stellte meine Tasche hinter den Tresen und ging zum Studio, welches sich im angrenzenden Raum befand.

Als ich die Tür öffnete, sah ich schon, was meine Kollegin gemeint hatte.

Eine Frau in schwarzer Stoffhose und grauem Blazer stand vor der Fotoleinwand und wippte ein schreiendes Kleinkind auf ihrem Arm hin und her. Auf dem weißen Boden des Fotografiebereiches zu ihren Füßen lag eine große geöffnete Tasche. Daneben diverse Babykleidung in Blau, Dekoartikel, bunte Hütchen, Lätzchen und allerlei anderer Kram.

Natürlich hatten wir im Studio eine große Sammlung an verschiedensten Zubehörartikeln, mit denen wir tolle und ausgefallene Fotos der Kinder machen konnten, aber oft hatten die Mütter ganz genaue Vorstellungen, wie sie ihren Liebling drapiert haben wollten. Und diese deckten sich nicht immer mit der Geduld der Kinder, die meistens überhaupt keine Lust auf ein stundenlanges Fotoshooting hatten. Meiner Meinung nach absolut verständlich.

»Hallo, mein Name ist Paula. Ich bin Ihre Fotografin. Die Verspätung tut mir leid«, sagte ich und blieb vor ihr stehen.

»Wird aber auch Zeit, dass Sie endlich hier auftauchen. Das gibt einen klaren Abzug beim Honorar, Frau ...«

»Brandl«, vervollständigte ich ihren Satz und unterdrückte mir ein Augenrollen. »Ich baue schnell einige Sachen auf, dann können wir loslegen«, sagte ich versöhnlich und wollte hinüber zu unserer Zubehörtruhe gehen, als sie mich dabei stoppte.

»Ich habe selbst genug dabei, und mir auch einiges dafür ausgedacht!«

Sie erklärte mir in langen Sätzen, welchen Hut sie zu welchem Shirt und welcher Hose mit welchem Dekoartikel sie gerne kombinieren würde. Ich konnte mir gerade so ein genervtes Stöhnen unterdrücken und schielte im Augenwinkel in regelmäßigen Abständen zur Uhr über der Tür. Wenn sie so weitermachte, würde das alles viele nervige Stunden dauern, die mich, und vor allem ihr Kind, ganz sicher an den Rand des Wahnsinns brachten.

Ich begann mit meiner Arbeit und wurde ständig von ihr unterbrochen. Irgendetwas war immer nicht so, wie sie es sich vorgestellt hatte und noch dazu wollte Benedikt, wie das Kind hieß, einfach nicht aufhören zu schreien.

Das Baby war genauso überdreht wie seine Mutter und ich hoffte, bald ein Entkommen aus diesem Arbeitsalptraum zu finden. Glücklicherweise war ich mit guten Nerven ausgestattet, das war auch der Grund, weshalb Natalie mir die Kindershootings überließ.

Mit einer Plastikente in der Hand versuchte ich zum fünften Mal, das Kleinkind zum Lachen zu bringen, hatte aber keine Chance, denn schreiend kniff dieser die Augen zu und nahm nichts in seiner Umgebung wahr.

»Ich glaube, er hat Hunger«, sagte die Frau und hob das in Latzhose und Schirmmütze gekleidete Kind hoch, welches mitten in einem Haufen bunter Kuscheltiere gelegen hatte.

»Halten Sie mal kurz.« Die Mutter drückte mir das Baby in die Hand und ich hielt verdutzt inne.

Langsam schuckelte ich es hin und her, während

ich ihm ruhige Worte zuflüsterte, und es sogar anfing, sich langsam zu beruhigen.

Ich drückte es fester an meine Brust und wog es hin und her. Benedikt kniff die Augen zu und brabbelte vor sich hin, während seine Mutter im Hintergrund hektisch in der Wickeltasche wühlte, um die Nahrung vorzubereiten.

Nun war ich mir sicher, dass sein Geschrei nicht unbedingt am Hunger lag.

Mutiger hob ich das Kind hoch und lachte ihm entgegen. Sein Gesicht verzerrte sich, seine Augen wurden glasig und mit einem einzigen würgenden Geräusch, spuckte es mir in hohem Bogen einen grünlichen Brei auf meine weiße Bluse.

Oh nein! Die Fotoausstellung heute Abend!

Nun musste ich unbedingt noch nach Hause und mich umziehen. Da ich jedoch die Zeit von heute Morgen aufholen musste, ließ mich mein Chef sicherlich nicht früher nach Hause.

Während Benedikt einen fast teuflisch amüsierten Ausdruck bekam, drückte ich ihn seiner Mutter in die Arme, die zu uns geeilt war.

»Hätten Sie ihn nicht so rumgewackelt, wäre das gar nicht passiert. Ihm wird doch immer schlecht bei sowas!«, rief sie mir zu und meine Augen wurden zu Schlitzen. Woher sollte ich das bitteschön wissen? Sie hatte ihr Kind doch nicht unter

Kontrolle. Statt sie anzuschreien, sich endlich einmal zusammenzureißen oder zu verschwinden, murmelte ich nur ein: »Komme gleich wieder, mache mich nur kurz sauber« und verschwand durch die Tür nach draußen.

»Was hast du denn gemacht?«, kicherte Natalie und ich bedachte sie mit einem bösen Blick, bei dem sie augenblicklich verstummte.

In der Toilette angekommen, inspizierte ich die mit grünem Brei überzogene Bluse. Ich sah meinem Spiegelbild müde entgegen. Wie ich die Nase voll hatte von diesem Job hier, in diesem kleinen langweiligen Studio. Von meinem Chef, von anstrengenden Kunden, die dachten, ihr Shooting wäre das Wichtigste unseres Lebens. Ich wollte sehr viel mehr und vor allem weg!

Tief in mir drin wusste ich genau, wohin ich wollte, doch die Angst war größer, als der Mut.

Nach einem letzten Seufzer griff ich nach einem Handtuch, hielt es unter das Wasser und versuchte, die Spuren von Benedikt, dem kotzenden Schreihals, zu beseitigen, um den Job so schnell wie möglich hinter mich zu bringen.

Kapitel 3

Nach Feierabend eilte ich schnell zum Garderobenständer, griff nach meinen Habseligkeiten und schlüpfte in meine Jacke.

»Ich muss los, bis morgen Natalie!«, rief ich meiner Kollegin im Rennen zu und hatte bereits den Türgriff in der Hand, als ich hinter mir die Stimme von Herrn Koch vernahm. »Frau Brandl? Bevor Sie gehen, kommen Sie bitte nochmal in mein Büro.«

Resigniert ließ ich den Kopf sinken. Nein, wieso denn jetzt? Ich war sowieso schon viel zu spät dran, denn ich wollte mich in zwanzig Minuten mit meinen Freundinnen Emma und Conni vor der Ausstellung treffen. Und mit dem grünen Fleck auf meiner Bluse konnte ich mich unmöglich dort blicken lassen, also musste ich mich auf jeden Fall zuhause umziehen.

»Ja, Herr Koch«, sagte ich wie eine brave Angestellte und folgte ihm in sein Büro.

Er nahm hinter seinem Schreibtisch Platz und deutete mit der Hand auf den Stuhl, der davor stand. Ich zog ihn zurück und setzte mich, legte meine Hände in den Schoß und schaute Herrn Koch ruhig entgegen, um ihn nicht noch weiter zu reizen. Mit geschürzten Lippen legte er die Stifte, die auf der breiten Schreibtischplatte neben seinem Computer lagen, alle akkurat in eine Reihe. Er war ein richtiger Erbsenzähler, der nichts gut sein lassen konnte, deshalb hatte er auch besonders ein Problem damit, wenn ich zu spät kam. Herr Koch widmete nun mir seine gesamte Aufmerksamkeit und zog die Augenbrauen zusammen, bevor er anfing zu reden: »Sie wissen sicher, weshalb ich Sie zu mir gerufen habe?«

Klar, wusste ich es. »Nein, nicht wirklich.«

Er schnaubte. »Sie waren das zweite Mal in dieser Woche zu spät und das vierte Mal in diesem Monat. Was meinen Sie, halte ich davon?«

Beschämt räusperte ich mich. »Nicht viel?«, fragte ich schüchtern. Insgeheim wünschte ich mir, selbstbewusster zu sein, um meinem Chef endlich mal die Stirn bieten zu können. Auch wenn er natürlich recht mit diesem Thema hatte, war er doch in vielen Dingen einfach unfair seinen Angestellten gegenüber.

»Sie können sich denken, was es bedeutet, wenn Sie nichts ändern? Hiermit erhalten Sie eine Abmahnung«, sagte er und schob mir ein Schreiben über den Tisch zu.

Eine Abmahnung? Ein Kündigungsgrund? Und

das wegen fünf Minuten Verspätung, obwohl ich die meisten Tage von morgens bis abends durchschuftete, ihm so gut wie jeden Kunden abnahm und er nur in seinem Büro sitzen und den Chef raushängen lassen musste?

Unfassbar!

Tief atmete ich ein und nahm äußerlich ruhig das Papier entgegen. In mir brodelte es und meine Pulsschlagader klopfte heftig an meinem Hals.

»Ich werde mich bemühen, pünktlicher zu sein. Darf ich jetzt gehen? Ich habe noch eine Verabredung und müsste los.«

Er nickte, lehnte sich zurück und legte, sichtlich zufrieden mit seiner Tat, die Hände gefaltet auf seinen dicken Bauch. Die Knopfleiste an seinem Hemd stand ziemlich unter Spannung und ich ging unvermittelt in Deckung, als er sich zum Abschied bewegte. »Bis morgen. Pünktlich!«

»Selbstverständlich«, antwortete ich ihm und ging aus dem Raum.

Natalie stand bereits mit meiner Jacke und den anderen Habseligkeiten an der Eingangstür. Ich ging hinüber zu ihr und verdrehte die Augen.

»Danke! Sag nichts. Ich erzähl dir alles morgen, ich muss los.«

»Klar, sieh zu, dass du wegkommst. Ich schließe ab. Schönes Wochenende!«

»Danke, wünsche ich dir auch«, sagte ich zu ihr, schlüpfte hastig in meinen Trenchcoat und eilte mit meiner Tasche über der Schulter und dem Regenschirm in der Hand über den Bürgersteig. Glücklicherweise hatte es aufgehört zu regnen, aber laufen oder Busfahren würde viel zu lange dauern, um es in kurzer Zeit zu schaffen. Außerdem musste ich mir noch etwas wegen meiner dreckigen Bluse einfallen lassen. Ich hielt die Hand in die Höhe, um dem anfahrenden Taxi zu zeigen, dass ich seine Dienste benötigte. Er stoppte vor mir und ich ließ mich auf den Rücksitz fallen. »Hallo. Bitte zur Galerie Luna, danke.« Der Fahrer nickte und fuhr los.

Hektisch kramte ich in der großen Handtasche und zog mein Handy heraus. Ich seufzte, als ich sah, wer mir schon wieder eine Nachricht gesendet hatte.

Hallo Paula, ich hoffe, es geht dir gut. Melde dich doch! Bitte! Liebe Grüße Dennis

Mein Exfreund hatte, nachdem ich ihn im letzten Jahr auf frischer Tat ertappt hatte, teilweise fast aggressiv versucht, mich zurückzubekommen. Glücklicherweise wurden seine Nachrichten und Anrufe in den letzten Monaten weniger. Doch obwohl ich auf keinen seiner Kontaktversuche reagiert hatte, nahmen sie weiterhin nicht ab. Obwohl meine männlichen Bekanntschaften in der Vergangenheit eher rar waren, würde ich mich ganz sicher nicht mehr mit ihm einlassen. Wer weiß, wie oft er mich bereits betrogen hatte, denn an besagtem Mittag sah es nicht so aus, als wäre es ein einmaliger Ausrutscher gewesen.

Und auch wenn mir meine Eltern, die ihn sehr gut leiden konnten, deswegen ständig in den Ohren lagen.

Aber mein Bruder Max hatte Recht. Dennis war von Anfang an ein Arschloch und es wunderte mich, dass ich das nicht vorher gesehen hatte.

Meine Finger flogen über das Display, ich löschte zuerst die Nachricht und wählte daraufhin die Nummer von Emma.

Mit der anderen Hand tippte ich nervös auf meiner Tasche, die auf meinem Schoß lag. Emma war als Betreiberin einer gutgehenden Boutique in der Stadt die Einzige, die mir in meiner Situation helfen konnte. Mal abgesehen davon, dass sie meine beste Freundin war.

»Paula! Ich wollte gerade los. Bist du schon da?«, hörte ich ihre Stimme und atmete erleichtert aus.

»Ein Glück! Du bist noch im Laden?«

»Ja, wieso, was brauchst du?«

»Ein Kind hat mir heute Vormittag auf die Bluse gekotzt und ich schaffe es nicht mehr nach Hause. Du musst mir etwas zum Wechseln mitbringen. Irgendwas das zu einem dunkelgrauen Rock passt«, bettelte ich und hörte ihr zufriedenes Brummen. Klamotten waren ihre Leidenschaft und sie liebte es, ihre Freundinnen damit auszustatten.

»Nichts lieber als das! Ich habe heute eine wunderschöne, dunkelblaue Seidenbluse reinbekommen. Sie sieht sicherlich grandios an dir aus!«

»Danke Emma! Ich bin in zehn Minuten da. Bis gleich«

»Bis gleich, Süße«

Erleichtert atmete ich aus und sank im weichen Autositz ein. Jetzt konnte nichts mehr schiefgehen. Hoffentlich ...

Durch das Seitenfenster sah ich bereits den roten lockigen Schopf von Emma, und daneben Connis dunkelbraune Mähne. Meine beiden Freundinnen standen vor den großen Glasscheiben, auf denen in geklebten Buchstaben *Galerie Luna* stand, und winkten mir zu. Ich gab dem Fahrer sein Geld und stieg aus. Meine hochhakigen Pumps, in denen

mir mittlerweile die Füße vom Arbeitstag weh-
taten, klackerten auf dem Asphalt, als ich auf sie
zulief.

»Hallo Mädels!«, rief ich ihnen zu, woraufhin sie
mir ein Stück entgegenkamen. Wir begrüßten uns
mit Umarmungen und Emma hielt mir eine
schwarze Papiertüte unter die Nase.

»Hier! Du kannst dich in meinem Auto umziehen,
es steht um die Ecke.«

»In deinem Auto?«, fragte ich entgeistert und Conni und Emma kicherten.

»Klar, wo denn sonst? Ist doch nichts dabei. Du
bist echt manchmal total verklemmt«, sagte Emma
und zog mich am Arm die Straße entlang.

»Wir stellen uns auch vor die Scheiben, dann sieht
dich keiner«, sagte Conni beschwichtigend und
ich schüttelte den Kopf. »Klar, weil ihr so breit
seid und das gesamte Auto verdecken könnt.«

»Och, stell dich nicht so an«, stöhnte Emma, zog
die Tür auf und drückte mich auf den Beifahrersitz
ihres weißen Audi A1.

Mit nervösem Blick schaute ich mich um. Ich sollte
wirklich lockerer sein. Manchmal beneidete ich
vor allem Emma, die sich nie Sorgen um irgendetwas machte. Sie lebte einfach ihr Leben und
hatte verdammt viel Spaß dabei.

Wir lernten uns mit Anfang zwanzig in einem Fitnesskurs kennen, denn wenn man einmal Seite an Seite geschwitzt und gelitten hatte, kam man sich automatisch näher. Wir tranken einen Obstsmoothie an der Saftbar und verabredeten uns wöchentlich für den Bauchkiller-Kurs. Aus den Kursen wurden dann Treffen am Wochenende in Bars und unsere Freundschaft begann.

Conni war bereits mit Emma befreundet, die irgendwann zu unserem Zweiergespann dazustieß. Seitdem gingen wir regelmäßig zu dritt auf die Pirsch, wobei Conni seit ihrem Beziehungsanfang mit Sebastian im letzten Sommer nicht mehr ganz so häufig mit von der Partie war. Glücklicherweise war Emma Single mit Leib und Seele.

Schnell schlüpfte ich aus der Jacke, knöpfte meine Bluse auf und zog sie mir von den Schultern. Hektisch wühlte ich, nur in schwarzem Spitzen-BH bekleidet, in der Tüte, die im Fußraum vor mir stand, und hielt kurz die Luft an, als ich den weichen Stoff zwischen den Fingern spürte.

Wow, das Kleidungsstück war wirklich schön! Sanft schmiegte sich der kalte, dunkelblaue Seidenstoff an meine Haut und ich schloss die kleinen Knöpfe, die in der Mitte eine hellblaue Verzierung hatten.

Zufrieden zog ich mir wieder meinen Trenchcoat

über und stieg aus dem Auto.

»Na siehste, war doch gar nicht schlimm, oder?«, lachte mir Emma entgegen und ich schüttelte den Kopf.

»Bereit?«, fragte ich die beiden und sie nickten.

Ich wusste, dass meine Freundinnen überhaupt nichts mit Fotografien am Hut hatten und nur mir zuliebe mit in die Ausstellung kamen. Und dafür war ich ihnen unwahrscheinlich dankbar, weil mich die bloße Vorstellung, alleine dort aufzutauchen, nervös machte.

Wir traten durch die Tür und orientierten uns zuerst. Der Raum war komplett in weiß gehalten. Weißer Boden, weiße Wände, an denen als Kontrast bunte Fotografien von Landschaften hingen. Ich hatte vorher schon ein paar Bilder des Künstlers gesehen und war neugierig auf mehr.

Emma suchte nach der Bar und zeigte auf die rechte Seite des weitläufigen Raumes: »Da! Kostenloser Sekt!«

Sie ging vorwärts und Conni und ich folgten ihr. Im Laufen drehte ich den Kopf nach links und versuchte, bereits einige Bilder zu erkennen.

Bis mein Blick an einem breiten Rücken, über dem sich ein schwarzer Anzug spannte, hängen blieb. Die schwarzen Haare waren gewollt zerzaust und seine Hände steckten in den Hosentaschen, während er anscheinend sehr interessiert eine Fotografie studierte.

»Huch!«, ich schaute wieder nach vorne, als ich spürte, wie Emma vor mir stehen blieb und ich auflief. Sie drehte sich um und runzelte die Stirn.

»Sorry. Hab nicht gesehen, dass du angehalten hast«, entschuldigte ich mich und meine Wangen nahmen eine rote Farbe an.

Sie lächelte mir zu. »Kein Problem. Aber wohin hast du denn geschaut? Sind die Bilder so gut, deine Augen glänzen ja!«

Emmas Blick wanderte an mir vorbei und nun hatten wir auch Connies Aufmerksamkeit.

»Was war denn?«, fragte sie und schaute mir erwartungsvoll ins Gesicht.

»Ach nichts. Los, lasst uns weitergehen«, versuchte ich das Interesse von mir abzulenken.

»Oder eher wer! Wow, schau dir den an?«, schwärmte Connie und ich sah, wie Emma sich den Hals reckend im Raum umsah.

»Wahnsinn! Also, wenn du ihn gesehen hast, kann ich verstehen, weshalb du gerade unaufmerksam warst«, schnurrte Emma und ich drehte langsam den Kopf in die Richtung, in die die beiden starrten.

Mein Herz machte einen Satz, bevor es fast zum Stehen kam, und meine Atmung wurde unkontrolliert schneller.

Der Mann, dessen Rückseite mich allein in seinen Bann gezogen hatte, hatte sich nun umgedreht und ging direkt auf uns zu. Seine blauen Augen strahlten fast unnatürlich im Kontrast der dunklen Haare und sein Gang war geschmeidig wie der eines Raubtieres, das sich anmutig durch den Raum bewegte.

Selbst als ich spürte, wie die Röte, aufgrund meiner unverhohlenen Glotzerei, in meine Wangen schoss, konnte ich mich einfach nicht abwenden. Sein Blick traf meinen und in jeder Faser meines Körpers zog es sich sehnsüchtig zusammen. Ich war mir sicher, wenn ein Mann mir über den Schmerz, den mein Ex mir zugefügt hatte, hinweghelfen konnte, dann ganz sicherlich dieses Exemplar.

Seine Lippen kräuselten sich leicht amüsiert und er kam immer weiter auf mich zu. Mein Herz raste und ich war mir sicher, er sah durch den dünnen Stoff der Bluse, wie sich meine Brustwarzen unter dem Schauer, den sein Blick verursachte, zusammenzogen und aufrichteten.

Als er sich nur noch wenige Schritte von mir entfernt befand, zögerte er kurz in der Bewegung. Einige Sekunden, die sich wie eine halbe Ewigkeit anfühlten, verharrten wir, unsere Augen ineinander versunken. Dann lief er zielstrebig an mir vorbei und ich hörte in meinem Ohr den tiefen Klang seiner Stimme, während er jemanden hinter mir begrüßte.

Ich roch den Duft seines Parfüms und schloss die Augen. Teils aus Genuss des männlichen und frischen Geruches, teils aus Scham, weil seine Blicke sicherlich nicht mir galten, sondern der Person hinter mir.

»Erde an Paula«, flüsterte mir Emma ins Ohr und ich zuckte zusammen.

»Was?«

Sie und Conni lachten. »Willst du jetzt über ihn herfallen, oder lieber erst später?«, fragte Conni und ich funkelte die beiden wütend an.

»Du hast ihn ja förmlich mit deinen Blicken aufgefressen, so habe ich dich noch nie gesehen! Ich seh fast den nassen Fleck auf deinem Röckchen«, ärgerte mich Emma.

»Ach was, spinnt ihr?«, keifte ich und zeigte mit dem Daumen hinter mich. »Ich schau mir doch schon mal die Bilder an, bringt ihr mir einen Sekt mit?«, fragte ich wieder etwas versöhnlicher.

»Klar, oder eine kalte Dusche?«, kicherte Emma.

Ich seufzte genervt, drehte mich dann einfach auf dem Absatz um und ging hinüber zur Ausstellung. Zum einen, um dem nervigen Gekicher meiner Freundinnen zu entkommen, zum anderen, um schnellstmöglichst Abstand zwischen mich und seiner Nähe zu bringen, die ich immer noch spürte.

Kapitel 4

In meinem Kopf drehte es sich bereits unnatürlich und meine Zunge lag schwer in meinem Mund. Ich trank normalerweise nicht sehr viel, einfach weil ich das Gefühl, die Kontrolle zu verlieren, hasste. In dieser Situation, in einem Raum mit einem Mann, der meinen Verstand und meinen Körper wie magisch anzog und durcheinanderbrachte, obwohl wir nicht einmal einen Satz miteinander gewechselt hatten, war der Sekt jedoch ein willkommenes Ablenkungsmittel.

»Hast du jetzt alles gesehen?«, nörgelte Emma, die neben mir stand, und schubste mich mit der Schulter an.

Ich setzte den Sektkelch an die Lippen und kippte mir den letzten Schluck mit einem Mal in den Mund.

»Ja, ist ja gut. Lasst uns gehen.« Mit einem verstohlenen, sehnsüchtigen Blick in Richtung des Unbekannten drehte ich mich wieder zu meinen Freundinnen.

»Nebenan ist eine Bar, von der habe ich schon einiges Gutes gehört. Lasst uns einfach da rüber gehen«, sagte Connie und wir nickten.

»Willst du ihn nicht auch fragen, ob er mit-
kommt?« Emma grinste mir entgegen und wippte
anzüglich mit den Augenbrauen.

»Wieso? Nein, natürlich nicht.« Entschlossen ging
ich zur Eingangstür, legte mir meinen Trenchcoat,
denn ich zuvor aus der Garderobe geholt hatte,
über die Schultern, und ging hinaus in die frische
Nachtluft.

Glücklicherweise war heute Freitag und ich
musste zwei ganze Tage lang nicht arbeiten. Aus
diesem Grund, und vielleicht auch wegen des
Alkohols, der mir in den Kopf gestiegen war, verspürte ich den Drang, heute loszulassen. Lockerer
zu sein, mir nicht mehr über alle möglichen
Sachen unnötig Gedanken zu machen.

»Los Mädels, ich hab Lust auf einen *Sex on the
Beach*!«, rief ich beschwipst, tanzte über den
Bürgersteig und hörte das Kichern meiner Freun-
dinnen hinter mir.

»Was ist mit dir los? Du bist ja total dicht!«, lachte
Emma und schob mich in die Bar nebenan.

Leider waren alle Tische belegt, aber es gab einige
wenige Plätze direkt am Tresen. Gut so, näher an
den Cocktails.

Wir gingen hinüber, zogen unsere Jacken aus und
rutschten auf die Barhocker.

Ich saß am äußersten linken Rand, Connie, die zu

meiner Rechten saß, studierte die Getränkekarte und Emma setzte sich neben sie. Nacheinander gaben wir beim Barkeeper unsere Bestellungen auf und übermütig wie ich mich fühlte, orderte ich noch eine Runde Sambuca-Shots für uns drei mit dazu. Aber mit Kaffeebohne, selbstverständlich!

Nachdem wir unsere Getränke erhalten hatten, stießen wir mit den Shots an und Emma rief: »Auf Paulas kurzweilige Lockerheit!«

Ich verzog das Gesicht, nachdem ich das Gläschen an meine Lippen gesetzt hatte und der Geschmack von scharfem Anis meine Kehle hinunterfloss.

Ein Schauer durchlief meinen Körper und es schüttelte mich, bevor ich eine neue Runde bestellte.

»Immer langsam, oder willst du gleich unterm Tresen liegen?«, sagte Conni zu mir und legte beschwichtigend ihre Hand auf meinen Arm, mit dem ich mich auf der Theke abstützte.

»Lass sie doch!«, verteidigte mich Emma und schob mir das neue Shotglas zu, das ich wieder in einem Zug hinunterkippte.

»Also, der Typ vorhin war wirklich ein ganz schönes Schnittchen. Den hättest du dir schnappen sollen, Paula« Emma sah mich erwartungsvoll an.

»Ich hab die Nase voll von Männern, die können mir echt gestohlen bleiben. Sind doch alle gleich«, sagte ich trotzig und spielte mit dem Papierschirmchen am Rand meines Cocktailglases.

»Komm. Das mit Dennis ist jetzt schon lange genug her. Der Penner ist es nicht wert, dass du dir weiterhin Gedanken um ihn machst!«, sagte Connie und ich nickte.

»Ich weiß. Aber ich hab trotzdem keine große Lust auf den Stress. Wie läuft es denn bei dir und Sebastian?«, versuchte ich das Gespräch, von mir abzulenken. Connies Augen strahlten, also hatte ich es glücklicherweise geschafft. »Super! Er ist einfach so toll! Letztes Wochenende hat er mir Frühstück ans Bett gebracht.«

Emma machte ein würgendes Geräusch. »Schnickschnack! Das Einzige was er dir bringen muss, ist einen Orgasmus. Oder mehrere! Alles andere ist überflüssiges Getue, was sowieso nach einiger Zeit wieder aufhört!«

Die beiden fingen eine Pro- und Kontra-Diskussion zum Thema Beziehungen an und in meinen Kopf zog ein Schleier. Der Raum schwankte bedrohlich und ich schluckte die leichte Übelkeit hinunter, die sich in meinem Bauch ausbreitete.

So viel getrunken hatte ich wohl noch nie, denn bisher kannte ich meine Grenze ganz gut und trank niemals ein Glas darüber hinaus.

Ich rutschte vom Barhocker. »Ich geh kurz zum

Klo, bin gleich wieder da«, nuschelte ich und versuchte, halbwegs geradeaus mein Ziel zu finden. Peinlich stützte ich mich schwankend an jedem Tisch, der meinen Weg säumte, ab, um nicht der Länge nach mit meinen hohen Hacken auf den Boden zu klatschen.

Endlich im Waschraum angekommen, kühlte ich das Gesicht und meine Unterarme mit kaltem Wasser und fühlte mich gleich etwas klarer. Der Nebel hatte sich noch nicht ganz verzogen, aber wenigstens war die Übelkeit wieder soweit verschwunden.

Ich drückte die Tür auf und wollte zurück zu meinem Platz gehen. Genervt stöhnte ich, als ich sah, wie Conni und Emma mit zwei Männern sprachen. Mit Empörung musste ich feststellen, dass der eine auf meinem Barhocker saß, während der andere, dessen Rückseite ich verschwommen aus der Entfernung sah, daneben stand. Emma hatte wohl ein neues Opfer für heute Abend gefunden, und Connie und ich konnten wieder sehen, wie wir uns beschäftigten, denn ich würde sicherlich nicht den anderen nehmen.

Ich kniff die Augen zu, um durch den Alkoholschleier besser sehen zu können. Der Rücken von dem Kerl kam mir seltsam bekannt vor.

Im gleichen Moment fiel es mir ein. Oh nein.

Konnte das ein Zufall sein? Ich wollte stehen bleiben, umdrehen, einfach gehen, aber meine Füße gehorchten mir nicht und gingen einfach auf die vier zu. Was? Wieso machten sie das, und hörten nicht auf! Paula, bleib stehen!

»Da bist du ja! Paula, das sind Nic und Anton. Nic hat uns erkannt, und uns angesprochen. Er war auch auf der Ausstellung. Wie nett, nicht?« Ich hörte Emmas Unterton in der Stimme, weil sie ganz genau wusste, wer er war, und nickte den beiden Männern zu.

»Hi«, sagte ich schüchtern.

»Hallo Paula«, raunte dieser Nic mir entgegen und seine Stimme strich wohltuend wie ein Streicheln über meinen Körper.

Anton wandte sich, nach einer kurzen Begrüßung, wieder meinen beiden Freundinnen zu und Nic widmete sich ganz mir. Wir standen eng beieinander und ich spürte die Wärme, die sein großer Körper ausstrahlte. Meine Finger zuckten. Ich müsste nur meinen Arm ausstrecken, um über seine Brust oder durch seine Haare fahren zu können.

Tief atmete ich ein und aus, versuchte, die Gedanken zu vertreiben, die mich durcheinanderbrachten, aber es wollte mir einfach nicht gelingen, weil sein unglaublich guter Duft in meine

Lungen strömte. Die Frage war nur, wollte ich sie überhaupt verdrängen? Konnte ich das Gleiche, was Emma konnte? Nur, um Dennis endlich zu vergessen? Ein One-Night-Stand mit diesem heißen Nic?

»Ihr wart vorhin schnell verschwunden. Ich habe es etwas bedauert, muss ich zugeben«, raunte er und fixierte mich mit seinen blauen Augen. Jetzt, so nah vor ihm stehend, sah ich, dass seine Iris eine dunkelblaue Umrandung hatte, die nun, nach seinem Satz, noch etwas dunkler wirkte.

»Emma und Conni haben es nicht so mit Fotografien. Sie waren nur mir zuliebe dort und ich wollte sie nicht länger als nötig quälen.«

Nic lachte. Ein tiefes raues Lachen, welches mir eine Gänsehaut bescherte.

»Kann ich verstehen. Anton macht sich auch nicht so viel da draus. Wir hatten uns hier auf ein Bier verabredet, und ich war deshalb alleine drüben in der Galerie.«

Wie zur Bestätigung nippte er an dem Bierglas in seiner Hand.

»Möchtest du noch etwas trinken?«, fragte er mich. Bevor ich mit dem Kopf schütteln konnte, dachte ich mir, wieso nicht? Wenn schon, denn schon und ich brauchte eindeutig etwas, womit ich in seiner Nähe lockerer wurde.

»Gerne. Ich hatte *Sex on the Beach*.« Ich spürte, wie die Röte in meine Wangen schoss, als ich sah, wie sein Blick bei dem Cocktailnamen noch eindringlicher wurde, dabei hatte ich es gar nicht so zweideutig gemeint, wie es geklungen hatte.

Er drehte sich um und bestellte beim Barkeeper einen neuen Cocktail, wandte sich dann wieder an mich.

»Da hinten ist ein Platz frei, wollen wir vielleicht dorthin gehen? Ist gemütlicher, als hier zu stehen.« Mein Herz hüpfte vor Aufregung, denn er wollte mir eindeutig näher kommen. Zeit mit mir verbringen und mich kennen lernen. Es war mir sogar egal, ob er das nur tat, weil er mich rumkriegen wollte, denn ich hatte gerade beschlossen, ich wollte heute von ihm rumgekriegt werden.

»Gerne«, wiederholte ich erneut, weil mein Wortschatz in seiner Nähe definitiv kleiner war, als sonst. Er griff zur Theke, auf der mein fertig gemixter Cocktail stand, und mit einer kurzen Erklärung an die anderen gingen wir auf die gegenüberliegende Seite des Raumes, zu einer frei gewordene Sitzecke.

Ich sah durch den Raum hinweg noch Emmas zufriedenes Grinsen und schob mich auf die schwarz gepolsterte Bank.

Eigentlich dachte ich, Nic setzte sich auf den Stuhl

gegenüber von mir, aber er nahm ebenfalls auf der Sitzbank Platz, stellte die Getränke auf den Tisch, legte seinen Arm auf die Rückenlehne hinter mir und wandte sich mir zu.

Mein Nacken kribbelte, als ich mir vorstellte, dass sein Arm nur wenige Zentimeter von mir entfernt lag. Ich müsste nur den Kopf nach hinten legen und könnte ihn berühren.

»Und du interessierst dich für Fotografien?«, fragte er mich und ich nickte.

»Ich bin Fotografin«, sagte ich mit einem kleinen Stolz in der Stimme und er lächelte warm.

»Ach wirklich? Auf was hast du dich spezialisiert?«

Ich wich seinem Blick aus. »Am liebsten würde ich irgendetwas Künstlerisches machen. Landschaften oder Menschen. Leider arbeite ich derzeit noch in einem Standardfotostudio hier in Frankfurt. Falls du ein Passbild brauchst?« Ich lächelte ihm entgegen und er erwiderte es.

»Dann würde ich nur zu dir kommen, ganz bestimmt«, sagte er und fing an, mit seinen Fingern meine offenen Haare sanft zur Seite zu schieben.

Mein Körper stand komplett unter Strom. Ich wünschte mir nichts mehr, als ihn noch sehr viel näher bei mir zu spüren. Ein Schauer durchfloss mich, begann in meinem Nacken, den er nun mit seinen Fingerspitzen zart streichelte.

Instinktiv leckte ich mir über die Lippen. »Ich hab dich vorhin schon gesehen und konnte kaum meine Augen von dir nehmen«, raunte er mir zu.

Sein Finger strich am Halsausschnitt meiner Bluse entlang, bis nach vorne über meinen Ausschnitt. Mein Atem ging stoßweise und ich musste mich besinnen, dass wir in einer öffentlichen Bar saßen, damit ich das Stöhnen unterdrücken konnte.

Paula, sei locker. Nur heute! Denk doch nur mal an dich! Sagte ich mir immer wieder im Geiste vor und hörte meine Stimme, noch bevor ich sie unter Kontrolle bringen konnte. »Wollen wir irgendwo hingehen, wo es etwas privater ist?«

Sein Blick wurde noch dunkler, als er meine Worte vernahm. Er leckte sich über die Lippen und nickte stumm.

Kapitel 5

Noch bevor ich die Augen aufschlug, hielt ich die Hände an meinen schmerzenden Kopf. Was war gestern passiert? Hatte mich ein Lastwagen überrollt? Langsam flatterten meine Lider auf und ich kniff sie aufgrund der Helligkeit im Zimmer, die eigentlich sachte durch die zugezogenen Gardinen schimmerte, zusammen. Aua. Das Pochen nahm zu und ich leckte mir über die trockenen Lippen.

Ich hatte einen Durst, bei dem ich dachte, ich müsste sterben, wenn ich dem Drang, ihn zu stillen, nicht nachkam. Langsam löste ich die Hände von meinem Kopf und zog die Bettdecke zur Seite, damit ich aufstehen konnte, um mir ein Glas Wasser aus der Küche zu holen. Kalte Luft zog über meine aufgeheizte Haut und ein Schauer überkam mich.

Schwerfällig hob ich im Schneckentempo den Oberkörper und stützte mich auf den Unterarmen ab, weil ich mich fühlte, als hätte ich gerade einen Marathon bestritten. Ich erstarrte, bevor ich mich komplett erheben konnte, und schaute mich in dem mir absolut unbekannten Zimmer um.

Großer Gott, wo war ich?

Der Raum sah aus wie ein luxuriöses Hotelzimmer. Dunkelrote, samtene Gardinen hingen vor den Fenstern. Vor dem Bettende stand an der gegenüberliegenden Wand ein breiter Schrank. Links davon führte eine Tür in ein weiteres Zimmer, vielleicht ein Badezimmer? An der rechten Wand war eine Tür, die wie der Ausgang aussah. Es fröstelte mich und ich sah an mir herunter. Panik erfüllte meinen pochenden Kopf. Ich war nackt. Nicht Unterwäschen-nackt, nein, richtig nackt!

Ein kurzes Schnauben riss mich aus meiner Starre und ich drehte meinen Kopf ruckartig nach links.

Ein muskulöser, ebenfalls sehr nackter, Körper lag, mit dem Rücken zu mir, neben mir in den Laken. Die dunklen Haare zerzaust, und sein Oberkörper bewegte sich in den ruhigen und tiefen Atemzügen seines Schlafes.

Erinnerungsblitze durchzuckten meinen Kopf, kamen zurück wie schmerzende Blitze.

Der Typ von der Ausstellung, Nic. Die Bar.

Viel zu viel Alkohol und wie scharf ich auf ihn war.

Der Vorschlag, woanders hinzugehen. Der eindeutig von mir aus ging?

Was war los mit mir? Ging mit einem fremden

Mann einfach in ein Hotelzimmer! Grundgütiger!

Ich musste hier unbedingt raus, bevor er wach wurde. Langsam erhob ich mich aus dem Bett und sammelte meine Klamotten und meine Tasche vom Boden auf. Auf Zehenspitzen schlich ich raus, während ich leise in meine Klamotten schlüpfte und, mit einem letzten Blick auf Nic, das Zimmer verließ.

Ich atmete tief durch und lief zum Fahrstuhl, drückte fast panisch mehrfach auf den Knopf, nicht, dass er doch noch wach wurde und mir nachkam. Aber wieso sollte er das tun? Er war sicherlich froh, nach dieser einmaligen Sache alleine aufzuwachen und niemandem etwas erklären zu müssen.

Im Lift angekommen, lehnte ich mich an die Wand und schloss die Augen.

Ich hatte eindeutig mehr getrunken, als gut für mich war. In der Ruhe des engen Raumes erfüllten Stück für Stück weitere Szenen von gestern Nacht meinen Kopf.

Ich hatte mich noch von Emma und Conni verabschiedet, das wusste ich.

Ein Taxi. Leidenschaftliche Küsse darin. Seine Hand, die unter meinem Rock meinen Oberschenkel nach oben strich, bis sie meine pochende Scham erreichte und ich fast vor Verlangen durchdrehte.

Der Weg durch die Lobby. Weitere Küsse im Aufzug. Wie er mich gegen die gleiche Wand gedrückt hatte, gegen die ich mich gerade lehnte.

Das weiche Bett.

Sein starker, nackter Körper auf mir, unter mir, neben mir, in mir.

Oh. Mein. Gott. Selbst wenn ich nur daran dachte, pochte mein Herz aufgeregt und mir wurde erneut heiß. Feuchtigkeit sammelte sich zwischen meinen Beinen. Ich roch in meinen offenen Haaren noch Reste seines Duftes, den er wie eine Markierung auf mir verteilt hatte. Ich betastete mit meinen Finger meine Lippen, die sich rau von unseren Küssen anfühlten. Ein Grinsen stahl sich darauf. So gelöst und leidenschaftlich wie letzte Nacht, hatte ich Sex bisher nicht erlebt.

Und ich hatte es geschafft. Mein erster One-Night-Stand, ohne Verpflichtungen, ohne Gefühle, aber verdammt heiß. Emma wäre stolz auf mich, wenn ich ihr das erzählte. Ich war zurück im Leben!

Auf dem Weg durch die Eingangshalle hielt ich ein wenig beschämt den Blick auf den Boden gesenkt. Was dachten die Angestellten hinter dem Rezeptionstresen wohl von mir, war es doch eindeutig, was ich hier tat.

Vielleicht brachte Nic jeden Abend Frauen hier

her. Ein Gefühl, welches ich versuchte, schnell wieder zu verdrängen, fing an, in meinem Magen zu brodeln.

Es war eine einmalige Sache, es gab keinen Grund, mir darüber Gedanken zu machen oder irgendwelche Besitzansprüche zu stellen!

Auf der Straße angekommen, nahm ich das nächste Taxi und freute mich auf eine heiße Dusche zuhause.

In meiner Wohnung ging ich auf direktem Weg in mein Schlafzimmer, zog mir frische, bequeme Kleidung aus dem Schrank und lief in das kleine fensterlose Badezimmer am Ende des Flures.

Nachdem ich mir eine Kopfschmerztablette gegönnt hatte, stand ich in der Dusche, und genoss das warme Wasser, welches auf mich herunterprasselte. Ich schloss genüsslich die Augen und schwelgte in Erinnerungen an letzte Nacht. Ich spürte immer noch Nics raue Hände auf mir, seine Zunge, die meinen gesamten Körper erkundete und mir wurde augenblicklich wieder heiß. Ich musste unbedingt Emma anrufen! Sie würde ausrasten vor Freude, da war ich mir sicher.

Meine nassen Haare zu einem Knoten gebunden und in kuschelige Klamotten gehüllt, saß ich mit einem kleinen Frühstück, bestehend aus Vollkorn-Käse-Brötchen und Orangensaft, auf meinem alten Sofa und wählte die Nummer meiner Freundin.

Während ich dem Klingeln in der Leitung lauschte, sah ich mir die Bilder an der Wand an, die ich im letzten Sommer selbst geschossen hatte. Mit meiner Kamera bewaffnet war ich damals an einem wunderschönen Sonntag mit dem Fahrrad zum Main gefahren und hatte unterschiedliche Aufnahmen machen können. Alle Fotos waren in schwarz-weiß aufgenommen, denn ich fand, dass man so die Emotionen eines Bildes viel besser rüberbringen konnte, als wenn man sich durch irgendwelche bunte Farben oder Filter ablenken ließ.

Da hing das ältere Pärchen, bei dem es mir warm ums Herz wurde, während es verliebt auf einer Parkbank saß und Händchen hielt. Ich hörte noch das laute Lachen der Kinder beim Fangenspielen auf einem Spielplatz, welche ich einfangen konnte. Das andere Bild zeigte eine kleine Entenfamilie schwimmend auf dem breiten Fluss.

»Baby! Da bist du ja! Und, war es gut?«, riss mich Emma aus meinen Gedanken und ich lachte.

»Soweit ich mich erinnern kann ...«

»Oh nein, du Schnapsdrossel! Ihr müsst es wiederholen! Hast du seine Nummer?«

Ich seufzte. »Nein, natürlich nicht! Es wird sich nicht wiederholen, aber ich glaube, ich bin jetzt endlich geheilt, weil ich kein einziges Mal an ...«

»Sag jetzt nicht im Zusammenhang deines heißen One-Night-Stands seinen Namen!«, unterbrach mich Emma streng. »Sei lieber froh, dass du dich nicht mehr an alle Details erinnern kannst, sonst hättest du dich sicherlich unsterblich in Nic verliebt. Denn so wie er aussah, hatte er einiges drauf, was bestimmt kein anderer so gut kann.«

Ich sah förmlich vor mir, wie sie mit den Augenbrauen wackelte und anstößige Bewegungen machte, und musste grinsen.

»Hör auf. Ich wollte dir auch nur berichten, dass ich wieder heil zuhause angekommen bin.«

»Sicher doch, geh noch ein Ründchen schlafen, denn Schlaf hast du die letzte Nacht bestimmt nicht genug bekommen.«

»Emma, du bist unmöglich! Bis morgen, 11 Uhr, wie immer.«

»Gute Nacht, Betthäschen! Wir sehen uns morgen!«, hörte ich noch ihr Rufen und drückte lächelnd auf den roten Hörer auf dem Display.

Ich legte das Handy auf meinen Wohnzimmertisch und griff nach dem Teller mit dem Frühstück, als das Telefon erneut zum Leben erwachte und auf der Holzplatte brummend vibrierte.

»Hi großer Bruder, was verschafft mir die Ehre?«, fragte ich, nachdem ich Max' Namen auf dem Display erkannte und abgehoben hatte. Auch wenn, oder gerade weil, wir ein sehr inniges Verhältnis hatten, verstand ich es, dass er derzeit mit seinem Job und der Bäckerei von Isa alle Hände voll zu tun hatte und sich nicht so oft wie üblich bei mir meldete.

Man konnte mit Recht behaupten, dass wir in einem reichen Umfeld aufwuchsen. Reich an materiellen Gegenständen, teuren Klamotten und einem großen Haus, aber arm an liebevollen Worten, Familienurlauben und Zeit mit unseren Eltern. Es war ihnen schon immer wichtiger gewesen, das Äußerliche zu wahren, vor den sogenannten Freunden im Golfclub angeben zu können, als einen Fahrradausflug mit den eigenen Kindern zu veranstalten.

Aus diesem Grund war ich sehr froh, dass Max und ich uns wenigstens gegenseitig hatten. Max war mit seinen 31 Jahren sechs Jahre älter als ich und nahm nicht nur die Rolle des großen Bruders ein, sondern er war auch meine engste Bezugsperson. Er half mir als Kind, mich morgens für die Schule vorzubereiten, steckte mir das Schulbrot in den Ranzen und kümmerte sich um die älteren Jungs auf dem Schulhof, die uns Jüngere piesackten.

Ohne Max wüsste ich nicht, was ich gemacht hätte, und war unwahrscheinlich glücklich, dass er mit Isa eine Frau gefunden hatte, die endlich für ihn da war und ihm das zurückgab, was er bereit war zu geben.

Mit unseren Eltern hatte ich nur noch sporadisch Kontakt. Hin und wieder ein Anruf, oder ein Pflichtbesuch, wobei Max fast jegliche Verbindung abgebrochen hatte, was ich zu einem Teil verstehen konnte.

»Hi Schwesterchen, alles gut bei dir?«

»Ja, alles so wie immer«, antwortete ich ihm und ich hörte das kurze Zögern am anderen Ende.

»Du weißt, dass du mich nicht anlügen kannst, Paula?«, sagte er ermahnend und ich stöhnte genervt. Manchmal störte mich seine Bevormundung, denn ich war mittlerweile eine erwachsene Frau.

»Ach, nur die Arbeit. Sonst alles gut, wirklich! Aber du musst doch einen Grund haben, weshalb du an einem Samstagmittag einfach bei mir anrufst.«

Er räusperte sich. »Hast du heute Abend schon etwas vor? Isa und ich würden dich gerne zum Essen bei uns einladen.«

In meinen Ohren klingelte es. Eine spontane Einladung zum Essen? Wir trafen uns in der Regel mehrmals im Monat, aber normalerweise sprachen wir das Datum dafür einige Tage vorher ab.

»Ich hab heute noch nichts vor, wann soll ich da sein?«, fragte ich misstrauisch.

»Passt dir sieben Uhr?«

»Ja, klar.«

»Super! Dann bis später!«, sagte er glücklich und ich grinste: »Bis später, Max.«

Komisch, er klang irgendwie nervös und aufgekratzt. Was das wohl bedeutete?

Na ja, in wenigen Stunden würde ich es wohl herausfinden.

Kapitel 6

»Hm, der Weißwein schmeckt köstlich«, lobte ich meinen Bruder, nachdem ich das Glas wieder vor mir abgestellt hatte.

Max strahlte über das ganze Gesicht, wenigstens kannte er sich mit Wein aus, wenn er das Kochen doch nicht gerade erfunden hatte. Außerdem hatte er unglaubliches Glück, mit Isa eine so gute Bäckerin gefunden zu haben, die sein verbranntes Steak mit einem köstlichen Nachtisch in Form von Schokoladencupcakes mit flüssiger Füllung wettmachte. So wie ich es mitbekommen hatte, hatte er sich heute Abend den Kochlöffel nicht abnehmen lassen, obwohl er wusste, dass es nicht seine Stärke war. Aber weshalb? Normalweise hatte er doch auch kein Problem damit, entweder Isa kochen zu lassen, oder sogar bei seinem Lieblingsitaliener Mario zu bestellen?

Er räusperte sich und legte seine Hand auf Isas, die auf der Tischplatte neben den leergeputzten Tellern lag.

Erwartungsvoll schauten Pia, Isas beste Freundin, und ich den beiden entgegen. Es war schon merkwürdig genug, dass Pia ebenfalls anwesend war.

Es war nicht so, als hätte ich etwas dagegen, denn ich mochte sie. Sie erinnerte mich mit ihrem lockeren Mundwerk auf eine Art an meine Emma. Die beiden würden sich sicherlich gut verstehen.

Auf einmal fiel mein Blick auf ein helles Funkeln. Wieso war mir das nicht vorhin schon an Isas Hand aufgefallen?

Laut ließ ich ein freudeschreiendes Quieken los und sprang von dem Stuhl hoch, stürzte auf Isa und Max zu und umarmte die beiden von hinten gemeinsam.

Sie lachten und Max rief dazwischen, »Hey! Du hast uns unseren Auftritt vermasselt, wir haben doch noch gar nichts gesagt!«

Nun verstand auch Pia und gesellte sich zu uns. Max schnappte nach Luft und drückte uns sanft weg, stand auf und schlang seine Arme um mich, während Isa sich um die aufgedrehte Pia kümmerte.

»Ich freu mich so für euch! Wann ist die Hochzeit? Wie hast du sie gefragt? Du musst uns alles erzählen!«, rief ich völlig aufgekratzt und löste mich von ihm.

Nachdem ich auch Isa beglückwünschen konnte, nahmen wir wieder gegenüber der beiden Platz. Der alte Mister Bean, Isas Hund, lag immer noch ungerührt auf dem Teppich im Wohnzimmer und brummte laut. Er dachte sicherlich, wir hatten sie nicht mehr alle.

Aber ich war unwahrscheinlich glücklich und freute mich für meinen Bruder so sehr. Isas und Max' Augen glitzerten voller Freude, sie warfen sich immer wieder verliebte Blicke zu, während sie gemeinsam die Geschichte des Antrags erzählten.

Max hatte Mister Bean den Ring an sein Halsband gebunden und war mit Isa zum Park in der Nähe ihrer Wohnung gelaufen. Er hatte sich die Mühe gemacht und ein Picknick vorbereitet, breitete die Decke in der Nähe des Ententeichs auf einer Wiese aus. Es war perfekt, dämmerte schon leicht, der Park war bis auf wenige Menschen leer. Max hatte sich selbst übertroffen, einige mitgebrachte Kerzen angezündet und Isa entdeckte das kleine Päckchen am Hals von Mister Bean. Ich wusste gar nicht wie romantisch mein Bruder sein konnte. So kannte ich ihn erst, seitdem er und Isa ein Paar waren.

Und auch wenn ich mir nichts mehr für die beiden wünschte, als dass sie glücklich waren, brachte es mich doch selbst zum Nachdenken.

Den perfekten Mann an meiner Seite konnte ich nicht herzaubern, aber ich konnte wenigstens mein restliches Leben auf die Reihe kriegen.

Es war zu kurz, als dass man in einem furchtbar

langweiligen Job feststeckte und alles an einem vorbeilief.

Das konnte ich allerdings nur in den Griff bekommen, wenn ich endlich mutiger wurde und auch einmal versuchte, gewisse Risiken einzugehen. Zumindest für den Anfang kleine und berechenbare.

Ich nahm mir fest vor, mich morgen über Fortbildungen im Internet zu informieren. Vielleicht konnte ich mir nebenberuflich etwas aufbauen und irgendwann einen Job finden, der besser zu mir passte, als das Fotostudio Koch.

»Also, du weißt gar nichts mehr? So, überhaupt nicht? Noch nicht mal wie groß *er* war?«, löcherte mich Emma, während sie ihren Kopf hob und mich im Liegen ansah.

Ich saß eine Holztreppe weiter unten in der 90-Grad-Sauna unserer Lieblingstherme und wischte mir mit dem Handrücken den Schweiß von der Stirn. Wir trafen uns jeden Sonntag hier um elf, machten einige Saunadurchgänge, bis wir dann an der Saftbar mit frisch gepressten Säften bis nachmittags saßen und tratschten.

»Oh ja, das will ich auch wissen. Ich kann mir nicht vorstellen, dass einem so etwas entfällt, egal wie viel man getrunken hat!«, sagte Conni die, wie wir, mit einem weißen Handtuch umschlungen, neben mir saß.

Ich seufzte beleidigt. »Ihr habt mich doch abgefüllt, oder es zumindest nicht verhindert.«

Emma schnaubte. »Klar, endlich warst du mal ein bisschen lockerer und hast dir genommen, was du wolltest, Süße.«

Ich leckte mir über die trockenen Lippen. »Na ja, egal wie es war, es wird sich wohl nicht wiederholen«, sagte ich und hörte selbst den bedauernden Unterton aus meiner Aussage.

»Wer weiß! Wenn das Schicksal euch wieder zusammenführt, soll es so sein.« Conni hatte schon immer einen leicht esoterischen Spleen, aber ich glaubte nicht an so etwas. Genauso wenig wie Emma. »Ach Schicksal! So ein Schwachsinn. Du musst ihn selbst suchen, auf alles andere kannst du dich nicht verlassen. Hast du mal bei Facebook geschaut?«, fragte sie mich und ich lachte.

»Und was soll ich dann machen? Ihm schreiben: Hallo Nic, ich weiß leider nicht mehr als deinen Vornamen, ich weiß noch nicht mal, wie unsere gemeinsame Nacht war. Willst du sie wiederholen, damit ich mich daran erinnere?«

Conni und Emma lachten. »So ungefähr«, sagte Emma.

»Meldet Dennis sich eigentlich immer noch?« Conni sah mich fast mitleidig an.

»Ja. Ab und zu eine Nachricht, aber keine Anrufe mehr.«

»So ein Arschloch! Allein, dass er denkt, dass du dich noch einmal auf ihn einlassen würdest, ist total lächerlich!«, schimpfte Emma und ich schaute verlegen auf den Boden.

»Vielleicht sollte ich mich nochmal mit ihm treffen ...« Denn eins hatte ich aus der Nacht mit Nic sicherlich mitgenommen, mein restliches Leben alleine sein, wollte ich nicht. Und Dennis war eine sichere Partie, denn er wollte mich weiterhin.

»Auf gar keinen Fall!«, unterbrach mich Emma und setzte sich auf. »Spinnst du?«

Ich zuckte mit den Schultern. »Er war ja nicht immer so.«

»Willst du, dass er dich behandeln kann, wie es ihm lieb ist und weiter schön andere Tussis vögelt?«

»Natürlich nicht!«

»Dann vergiss den Typen endlich! Du hast doch gesehen, dass viel bessere Kerle auf dich stehen, als so ein kleines Würstchen.«

Es stimmte. Die Nacht mit Nic hatte mir auch noch etwas anderes gezeigt. Und zwar, dass Männer mich durchaus attraktiv fanden. Und dann auch noch solch ein Exemplar wie er. Außerdem musste ich nun wieder daran denken, wie Dennis mich innerhalb unserer Beziehungsjahre behandelt hatte. Allein seine Geschenkeauswahl an Weihnachten und zu Geburtstagen zeugte nicht unbedingt davon, dass er mich wirklich kannte oder sich überhaupt für mich interessierte. Im ersten Jahr bekam ich von ihm einen Kaffeetassenwärmer mit USB-Anschluss für die Arbeit und im zweiten zwei Kinogutscheine. Da er selbst jedoch überhaupt kein Kinogänger war, ging ich mit Emma in eine Liebeschnulze. Es war ein sehr gelungener Abend, obwohl ich mir damals gewünscht hatte, Dennis wäre zumindest einmal über seinen Schatten gesprungen und mit mir gegangen. »Ja, ich hab nur laut gedacht.«

Emma rutschte eine Stufe hinunter und schubste mich mit der Schulter an.

»Aber dafür sind wir doch da, damit wir dir direkt den Kopf waschen können, wenn du an so etwas Bescheuertes nur denkst«, grinste sie und Conni nickte ebenfalls. »Emma hat Recht. Du bist viel zu viel wert, um mit so einem Typen dein Leben zu verbringen. Denk an das Schicksal.« Sie zwinkerte mir zu und ich musste lächeln.

Es war schön, solche Freundinnen zu haben! Und vor allem manchmal äußerst nötig!

Kapitel 7

Heute Morgen hatte ich mir, trotz Montag, alle Mühe gegeben, war früh genug aufgestanden, hatte an alles beim Rausgehen gedacht und sogar einen Bus früher bekommen. Mein Chef bemerkte dies jedoch nur mit einem kühlen Nicken, woraufhin er direkt wieder in seinem Büro verschwand.

»Ärger dich nicht, dem alten Griesgram kannst du sowieso nichts Recht machen«, sagte meine Kollegin Natalie zu mir und ich lächelte sie seufzend an.

»Wahrscheinlich hast du Recht. Aber es nervt mich, dass wir die ganze Arbeit erledigen, und er nur in seinem Büro rumhockt.«

»Mich auch, aber was willst du dagegen tun?«

Ich zuckte die Schultern, denn ich hatte keine Ahnung. Es blieb nur eins, aber allein beim Gedanken daran gruselte sich mein sicherheitsliebendes Ich ganz gewaltig.

Wir arbeiteten den Vormittag vor uns hin, bis mittags ein Mann mittleren Alters in einem dunklen Anzug den Laden betrat.

»Hallo, wie kann ich Ihnen helfen?«, begrüßte ich ihn.

»Hallo«, sagte er knapp und schaute auf seine silberne Armbanduhr. »Ich brauche neue Bilder, und das schnellstmöglichst, denn meine Mittagspause ist bereits fast vorbei.«

Okay, das war mal eine Ansage. Wieso kam er dann nicht einfach nach Feierabend? Gute Bilder brauchten seine Zeit. Manchmal dauerte es allein zehn Minuten, bis die Menschen vor der Linse nur locker wurden. Und bei ihm sah ich förmlich den Stock in seinem ... »Gut, dann kommen Sie am besten direkt mit«, sagte ich und lotste den Mann in unseren Shootingraum.

»Haben Sie spezielle Vorstellungen?«

»Ich? Ich dachte, Sie kennen sich damit aus?«, blaffte er mich an und ich biss mir auf die Zunge.

»Natürlich. Sollen die Bilder für einen Pass sein, oder eine Bewerbung ...«

»Bewerbung!«, unterbrach er mich harsch.

»Dann setzen Sie sich doch einfach schon mal auf den Hocker vor der weißen Wand und ich stelle mein Equipment zurecht.«

Glücklicherweise tat er wortlos, was ich ihm gerade gesagt hatte und ich stellte mich in Position.

Ich linste an der Kamera vorbei. »Vielleicht ein kleines Lächeln?«

»Das sollen doch seriöse Bilder werden, und keine

für irgendeine Postkarte oder so! Sind Sie sicher, dass Sie eine Ahnung haben, was Sie da tun?«, keifte er, als hätte ich gerade von ihm verlangt, dass er sich nackt vor die Kamera stellte und wedelte.

Ich seufzte. Nein, so stellte ich mir meinen Arbeitsalltag nicht mehr vor. Am Anfang war es gut, um in dem Beruf Grundsätzliches zu lernen. Beispielsweise die Bedienung der Apparate, oder Bestimmung der Lichtverhältnis innerhalb eines Raumes, aber mit solchen Kunden wollte ich mich nicht mehr herumärgern.

Ich hatte die Nase gestrichen voll.

»Hören Sie mal zu, ich bat Sie lediglich um ein kleines Lächeln, denn ich kann mir vorstellen, ihr zukünftiger Chef will einen netten Mitarbeiter und keinen solchen Arsch, wie Sie sich hier präsentieren!«

Er schnappte mehrmals nach Luft, wie ein Fisch auf dem Trockenen. Fast tat es mir ein wenig leid, und ich schämte mich für meine Aussage. Aber nur ein klitzekleines Bisschen. Genug war schließlich genug.

Er stand auf, zeigte mit dem Zeigefinger auf mich und verengte die Augen zu Schlitzen. »Das werde ich Ihrem Vorgesetzten erzählen! Das lass ich mir nicht gefallen!«

Immer noch schimpfend verließ er den Raum. Ich begann seufzend, die Sachen zur Seite zu packen, und machte die Scheinwerfer aus, zählte innerlich bis zehn.

Acht, neun, ...

»Frau Brandl!«

Zehn. Die Tür flog auf.

Herr Koch stürmte mit hochrotem Kopf in den Raum und auf mich zu.

»Was denken Sie sich eigentlich dabei, einen unserer Kunden, so zu beleidigen?«

Beschämt zog ich den Kopf ein. Am liebsten hätte ich ihm ebenso meine Meinung gesagt, dafür fehlte mir aber schlichtweg der Mut. Und das ärgerte mich unwahrscheinlich. Wieso war ich ein solches Weichei?

»Es tut mir leid«, sagte ich gedämpft und fühlte mich gleichzeitig unglaublich schwach.

Ein bisschen Emma in mir wäre jetzt nicht schlecht, die würde Herrn Koch ordentlich die Meinung geigen.

»Das mir so etwas nie wieder vorkommt! Zweite Abmahnung!«

Er trampelte aus dem Zimmer und ich lief ihm in einigem Abstand hinterher. Vor der Empfangstheke, hinter der Natalie saß und mir fragende Blicke zuwarf, blieb ich stehen. Die Bürotür knallte zu und ich verdrehte die Augen.

»Frag nicht«, sagte ich, bevor ich dieses Debakel erklären musste.

Sie schob mir ein Stück Papier über den Tresen zu.

»Ich glaube, das wird dich wieder etwas aufheitern. Hast du nicht letztens von ihm gesprochen?«

Neugierig nahm ich das Schreiben entgegen und faltete es auf.

Es war eine Einladung für eine Fotoausstellung hier in Frankfurt des Künstlers Mathis de Losquet.

Einer meiner absoluten Lieblingsfotografen! Ich wusste, dass er diese Woche hier in der Stadt sein würde, extra angereist aus Paris, aber ebenso war mir bekannt, dass man nicht einfach so hingehen konnte. Man brauchte eine exklusive Einladung von ihm, und diese hielt ich nun zwischen meinen Fingern.

»Natalie! Weißt du, was das ist?«, flüsterte ich aufgeregt, damit es mein Chef nebenan nicht hörte. Sie nickte und strahlte mich an.

»Nimm sie, als Entschädigung.«

Ich schaute erneut auf das Papier in meinen Händen. »Nein, das kann ich nicht. Das ist Herrn Kochs Einladung.«

»Steht da sein Name drauf, außer auf dem Briefumschlag?«

Ich sah mir das Schreiben nochmal genauer an. Es war recht kurz gehalten.

Als Überschrift stand: *Einladung*

Darunter nur Anschrift und Zeit.

Ich schüttelte den Kopf und sah Natalie erneut an.

»Nimm sie!«, wiederholte sie nun eindringlicher.

Dafür, dass ich mir tagtäglich solche Kunden wie heute antat, und ich seit Jahren nicht mehr länger als eine Woche Urlaub hatte, stand mir wirklich eine Entschädigung zu. Das zumindest, redete ich mir so lange ein, bis ich es tatsächlich glaubte.

»Okay. Ich mach es«, quiekte ich glücklich, faltete das Papier und steckte es sicher verwahrt in meine hintere Gesäßtasche.

Oh Gott, ich brauchte unbedingt etwas zum Anziehen!

»Kannst du nicht doch mit?«, fragte ich Emma, während ich mit erhobenen Armen mitten in ihrer Boutique stand und sie an dem Kleid, welches ich trug, zupfte.

»Sorry Süße, aber ich muss unbedingt zu Becca. Sie hat sich mal wieder getrennt und denkt, er wäre der Typ zum Heiraten gewesen.« Sie verdrehte die Augen. Emmas kleine Schwester war das genaue Gegenteil von ihr. Eine hoffnungslose

Romantikerin. Interessant, wie unterschiedlich Geschwister manchmal sein konnten.

»Ach komm, es ist doch immer der Typ zum Heiraten!«, bettelte ich weiter.

»Wenn ich heute Abend nicht zu ihr fahre, hält meine Mutter mir das wieder ewig vor. Du weißt, wie sie ist.«

Ich nickte betreten. Und wie ich das wusste.

Emma hatte mir erzählt, dass sie in ihrer Schulzeit ein einziges Mal geschwänzt hatte. Ihre Mutter war ganze vier Monate sauer auf sie. Ein weiteres Mal war Emma eine Stunde zu spät auf ihrer Geburtstagsfeier erschienen. Sie redete drei Wochen nicht mit ihr. Von einem Menschen, der noch nachtragender war, als sie, hatte ich bisher noch nie gehört. Zum Glück!

»Na gut. Aber es wird nur halb so schön, wenn du nicht dabei bist.«

Also ließ es sich heute nicht vermeiden in den sauren Apfel zu beißen und alleine dort aufzutauchen, wenn ich die Ausstellung meines Lieblingskünstlers sehen wollte. Und das wollte ich unbedingt, denn auch Conni hatte ich bereits gefragt. Sie hatte ebenfalls keine Zeit, weil sie bereits mit Sebastian verabredet war.

»Also, das passt irgendwie nicht. Probier mal das«, sagte Emma und drückte mir ein königsblaues Kleid in die Hand.

Einige Minuten später bewunderte ich mich in dem raumhohen Spiegel ihrer Umkleidekabine.

»Wow, Emma. Das ist wirklich toll!« Ich strich mit den Händen über den weichen Stoff.

Sie steckte ihren Kopf durch den Vorhang. »Hammer! Also, wenn du in dem Teil keinen reichen Künstler klarmachst, weiß ich auch nicht!«

Das blaue Etuikleid schmiegte sich wie eine zweite Haut an meine Rundungen. Der Saum endete kurz oberhalb meines Knies und der weitgeschnittene Ausschnitt gab ein Stück meiner Schultern frei, und duldete definitiv keine BH-Träger.

»Aber, ich brauch noch einen halterlosen BH«, sagte ich und sah Emma im Spiegel an.

Sie machte eine wegwerfende Handbewegung.

»Ach was, hätte ich solche Möpse wie du, würde ich nie wieder einen BH tragen.«

Ich seufzte. Typisch Emma.

»Aber, man sieht alles durch.« Ich hielt die Hände über meine Brust, die sich deutlich durch den Stoff drückte. Sie verdrehte die Augen, »Meine Güte, wir sind jung! Man *soll* alles durch sehen! Außerdem denk an den reichen Künstler.« Sie zwinkerte mir zu und verließ die Kabine. Mir war klar, dass jedes weitere Widerwort zwecklos war, denn sie hatte bereits für mich entschieden.

Kapitel 8

Mit zitternden Fingern vor Aufregung hielt ich dem riesigen Türsteher die Einladung entgegen. Was machte ich, wenn er herausfand, dass nicht wirklich ich eingeladen war, sondern mein Chef? Oder, wenn Herr Koch tatsächlich hier auftauchte, und sie mich vor aller Augen aus dem Raum auf die Straße zerrten? Das wäre wirklich sowas von peinlich. Vielleicht sollte ich einfach gehen, dann …

»Einen schönen Abend, die Dame!« Der Türsteher unterbrach meine wirren Gedankengänge, lächelte mich nett an und gab den Eingang frei.

»Danke«, sagte ich schüchtern und betrat den Raum.

Die Galerie war bestimmt dreimal so groß, wie die letzte, auf der ich mit Emma und Conni gewesen war. Auf der ich Nic getroffen hatte. Nic.

Ich schüttelte den Kopf. Nach Dennis wollte ich erstmal keine Beziehung mehr. Es war gut so, wie es jetzt war! Und heute war ich hier, um mir die Arbeiten von de Losquet anzusehen, nicht um irgendwelche Kerle aufzureißen. Was ich ohne Hilfe vieler Dinks, sowieso niemals geschafft hätte.

Ich ging hinüber zu einer langen Wand mit großen Bildern in grauen Rahmen.

Der Künstler war bekannt dafür, dass er Schwarz-Weiß-Fotografien schoss, also genau das, was ich ebenfalls bevorzugte. Hauptsächlicher Bestandteil seiner Bilder waren nackte Frauen an bekannten Orten. Wie beispielsweise hier, eine dunkle Schönheit auf dem Brunnen des *Piazza Navona* in Rom.

Die Fotos hatten nichts von einem billigen Playboy-Shooting, sondern waren allesamt sehr geschmackvoll und künstlerisch.

Ich bewunderte die Selbstbewusstheit, mit der die Frauen darauf posierten und war mir sicher, dass ich so etwas bestimmt nicht hinbekommen würde.

»Gefallen sie dir?«

Eine Gänsehaut überzog meinen Nacken, nachdem ich eine dunkle Stimme nah an meinem Ohr vernahm und einen Hauch von Berührung auf meinem unteren Rücken spürte. Ich drehte langsam den Kopf nach rechts in die Richtung, aus der sie kam, und riss fast panisch meine Augen auf.

»Hallo. Was für eine nette Überraschung«, ein Schmunzeln umspielte Nics Lippen, während er sich neben mich gestellt hatte, aber weiterhin mit direktem Blick auf das Bild vor uns sah.

Ich schluckte und betrachtete sein Profil, eine Weile zu lange, bevor ich überhaupt den Mund aufmachen konnte.

Seine schwarzen Haare waren genauso gestylt wie bei unserem ersten Treffen und ich erinnerte mich auf einmal, wie ich mich mit meinen Fingern lustvoll in sie gekrallt hatte, während er mit seinem Kopf zwischen meinen Beinen versank.

Augenblicklich lief ich knallrot an und löste mich aus meiner Starre. Am liebsten wäre ich geflüchtet. Ich hatte mir ausgemalt, was ich zu ihm sagen würde, wenn wir voreinander stünden. So etwas Lockeres wie: »Hallo Nic, schön dich zu sehen. Hast du heute Abend schon etwas vor?« Oder: »Hallo Nic, sorry für den letzten Morgen, ich musste heim, aber wir können die Nacht gerne nochmal wiederholen.«

Stattdessen kam ein dünnes und gekrächztes »Hi« aus meinem Mund und er lächelte breiter, drehte sich daraufhin zu mir um.

»Ich habe gehofft, dich noch einmal zu treffen.«

Echt? War er nicht froh, wie jeder Single-Mann, wenn seine One-Night-Stands von alleine gingen?

»Sicher?«

»Ja. Du warst weg, als ich aufgewacht bin, ich hätte die Nacht gerne noch einmal am Morgen wiederholt.«

Sein Raunen schoss mir direkt zwischen die Beine und mein Herz klopfte aufgeregt gegen meinen

Brustkorb. Ich war mir sicher, dass er meine aufgestellten Brustwarzen, die sich nun hart gegen den Stoff des Kleides drückten, sehr gut sehen konnte. Danke, Emma.

»Ich dachte, du machst dir nicht viel aus Frühstück«, sagte ich und drehte mich wieder zu dem Bild, damit er mich nicht weiter mustern konnte.

»Nicht aus Frühstück, aber vielleicht aus dir.«

Das sehnsüchtige Pochen meines Körpers verstärkte sich. Am liebsten hätte ich seine Hand gegriffen, die nicht weit von meiner entfernt war, und ihn auf die Toilette gezogen. Was war es nur, was er mit mir machte? Ich konnte keinen klaren Gedanken fassen, wenn er so nah neben mir stand. Aber wollte ich das überhaupt?

Ja! Ich war gekommen, um mir die Bilder, und vielleicht sogar den Künstler persönlich, anzusehen, und nicht, um schon wieder einen Mann abzuschleppen. Sollte er auch noch so heiß sein, wie Nic. Ich musste vorwärtskommen in meinem Leben und konnte nicht ständig in einem Bett rumliegen.

»Danke. Also ich ... bitte entschuldige mich«, stotterte ich und ließ ihn einfach stehen. Wenn er bis eben noch nicht dachte, ich hätte einen an der Waffel, dann ganz sicher jetzt, nach diesem lahmen Abgang.

Ich stürzte in die Waschräume und lehnte mich an die Wand neben der Tür.

Verrückt. Natürlich fand ich Dennis oder einen meiner wenigen Ex-Freunde attraktiv, aber das war nichts im Vergleich zu dem, was ein bloßes Raunen von Nics rauer Stimme in mir hervorrief.

Ich musste mich in den Griff bekommen, wenigstens für ein oder zwei Stunden. Dann wäre ich von hier verschwunden und würde in der nächsten Zeit sicherlich keine Ausstellung mehr besuchen.

Ich wusch mir die Hände, um noch etwas Zeit zu schinden, und ging kurz darauf wieder durch die Tür in den Ausstellungsraum. Suchend sah ich mich um, konnte Nic aber nirgendwo entdecken.

Gut, vielleicht war er bereits gegangen oder zumindest anderweitig beschäftigt.

Ich lief zu den nächsten Bildern, um mir diese anzusehen, blieb jedoch mit meinem Blick an einer Gruppe von Menschen hängen, die sich laut lachend unterhielten.

Dort stand er. Groß, breit, wahnsinnig sexy in seinem gutsitzenden Anzug. Er lächelte und drehte sich ein Stück mit dem Oberkörper nach links, während ein anderer Mann, dessen Rücken ich sah, redete und wild gestikulierte.

Während der Mann erzählte, trat er von einem Bein auf das andere und verlagerte sein Gewicht, was mir einen freien Blick auf die wunderschöne Frau neben Nic gab und damit ebenso einen tiefen Stich in mein Herz.

Sie war groß, schlank, unglaublich grazil und hatte gewelltes, braunes Haar, wie aus einer Shampoo-Werbung. Neben diesem Schwan kam ich mir vor wie das kleine hässliche Entlein.

Ihre Hand hatte sie in Nics Armbeuge geschoben. Hin und wieder sahen sie sich an und er lächelte warm. Das Atmen fiel mir schwer, aber der Schmerz wurde beiseitegedrängt durch pure Wut.

Was dachte er sich? Er war genau wie Dennis! Genau wie alle Männer! Er war sogar mit seiner Freundin hier und baggerte mich trotzdem so schamlos an!

Am liebsten wäre ich hinüber gegangen und hätte ihr alles erzählt. Es gab doch so etwas wie einen Frauencodex, oder? Aber machte ich mich dann lächerlich, vor den ganzen anderen Menschen, die da im Kreis zusammenstanden?

Ich musste ihn vergessen, nicht mehr an ihn denken und vor allem gehen. Jetzt sofort!

Mit einem dicken Kloß im Hals drehte ich mich wütend herum, um dem Schauspiel vor meinen Augen zu entgehen und die Ausstellung zu verlassen.

Ich stieß mit der Schulter gegen etwas Hartes.

Mein Blick wanderte an mir herunter, denn ich spürte einen nassen Fleck hüfthoch auf dem schönen Kleid. »Oh, entschuldigen Sie«, sagte ich und hob meinen Kopf. Ich stockte und mein Atem beschleunigte sich erneut. Ein leichter französischer Dialekt klang an meine Ohren. »Ist doch kein Problem!« Mathis de Losquet machte eine wegwerfende Handbewegung und stellte das mittlerweile leere Sektglas auf das Tablett eines vorbeigehenden Kellners. Mit einem weiteren Griff schnappte er sich zwei neue Gläser und hielt mir eines entgegen.

»Dafür müssen Sie allerdings einen mit mir trinken!«, sagte er und lächelte mir aus braunen Augen entgegen. Er war ungefähr Ende dreißig und mit seinen warmen Augen und dem braunen Haar durchaus attraktiv. Zwar nicht so attraktiv wie ... ich schimpfte innerlich mit mir selbst! Er hatte eine Freundin!

»Es tut mir wirklich sehr leid. Es wäre mir eine Ehre, mit Ihnen zu trinken Monsieur de Losquet!« Ich erwiderte sein Lächeln und wir stießen an.

»Nennen Sie mich doch bitte Mathis!«

»Gerne. Paula.«

Wir gaben uns die Hände und sein Händedruck war fest, trocken und sehr angenehm. Er zog meine Hand zu seinen Lippen und deutete einen

Kuss darauf an. Ich schmunzelte. Die Franzosen wussten, wie man einer Frau ein gutes Gefühl gab. »Gefällt dir die Ausstellung?«, fragte er mich, nachdem wir unseren Griff voneinander gelöst hatten.

»Oh ja, sehr! Ich liebe deine Bilder!«

»Das freut mich zu hören. Ich bin auch äußerst froh, dich getroffen zu haben, denn es war bis jetzt etwas langweilig«, sagte er und senkte beim letzten Satz die Stimme.

Ich lachte. Ich hatte gelesen, dass er nett sein sollte, aber das er so bodenständig war, hatte ich nicht gedacht. Normalerweise waren alle Künstler etwas abgedreht, aber vielleicht kam erst bei seinen Shootings sein wahres Gesicht heraus.

»Und was führt dich hierher? Das bloße Interesse?«, fragte er mich und ich nippte erneut an meinem Sekt.

»Ich bin selbst Fotografin und schieße am liebsten Schwarz-Weiß-Bilder. Deine finde ich einfach perfekt, weil man fast das Gefühl hat dabei zu sein, die Emotionen zu spüren!«

»Du bist auch Fotografin? Du brauchst nicht zufällig einen neuen Job?«, er lachte. »Ich suche derzeit für drei Monate eine neue Assistentin. Vielleicht hast du ja Interesse, oder kennst jemanden?«

Mein Herz stolperte aufgeregt! Die Assistentin

von Mathis de Losquet! Ich konnte mir nichts Besseres vorstellen!

»Ich gebe dir einfach mal meine Karte. Wenn du magst, melde dich. Übermorgen fahre ich wieder nach Paris, bis dahin können wir gerne in Kontakt bleiben.« Er zwinkerte mir zu, und ich ignorierte das kurze Grummeln, weil sich das Angebot mit dem Kontakthalten etwas zu zweideutig angehört hatte. Aber ich war sicherlich nur total aufgeregt und interpretierte etwas hinein, was da nicht war.

Ich nahm seine Visitenkarte entgegen und hielt sie wie ein rohes Ei vorsichtig zwischen den Fingern.

»Paris? Heißt das, du suchst eine Assistentin für Paris?«

Er nickte lächelnd.

Paris! Das war eine ganz große Nummer! Schaffte man es dort, schaffte man es überall. Aber Paris war noch etwas anderes. Eine Stadt mit fremden Menschen, weit weg von Emma, Conni oder Max.

»Vielen Dank! Ich überlege es mir und melde mich«, sagte ich wieder zurück in der Realität angekommen.

Wie sollte das funktionieren? Ich müsste meinen Job kündigen, drei Monate war definitiv zu lange für einen Urlaub. Selbst wenn, würde das mein Chef sicherlich niemals genehmigen.

»Ich würde mich freuen, von dir zu hören«, sagte

er mit einem Nicken und ich verabschiedete mich von ihm.

Ich steckte im Umdrehen die Karte in meine dunkelblaue Handtasche und durchquerte den Raum. Mein letzter Blick galt Nic, und er schaute mir aufmerksam entgegen. Seine Augen trafen meine und ich konnte fast so etwas wie Bedauern in ihnen aufblitzen sehen, als er erkannte, dass ich auf direktem Weg zur Tür lief.

Tja, hätte er sich früher überlegen müssen. Erhobenen Hauptes verließ ich die Ausstellung und war bereit, alleine in mein weiches Bett zu fallen.

Kapitel 9

»Frau Brandl, in mein Büro!«

Noch bevor ich meine Jacke neben der Eingangstür ausziehen konnte, stand mein Chef vor mir und bedeutete mir, ihm zu folgen.

Hatte er eigentlich nichts anderes zu tun, als mich schon am frühen Morgen zu kontrollieren?

Ich drückte Natalie meine Handtasche im Vorbeigehen in die Hand, damit sie diese wie üblich unter dem Tresen verstauen konnte.

Sie zwinkerte mir aufmunternd zu und ich lächelte bitter, als ich durch die Bürotür ging und sie hinter mir schloss.

»Setzen Sie sich bitte.«

Ich nahm gegenüber von ihm Platz und konnte kaum meine Ungeduld unterdrücken.

»Was habe ich jetzt schon wieder falsch gemacht?«, platzte es aus mir heraus.

»Wieso sind Sie so schnippisch? Passen Sie lieber auf, mit wem Sie hier reden!«

Sein Kopf nahm eine rote Farbe an und ich sah, dass er kurz vor einer Explosion stand. Es fehlte nur noch das Pfeifen aus seinen Ohren, dann könnte er glatt als Teekessel durchgehen.

»Entschuldigung. Aber meinen Sie nicht, dass es langsam reicht? Ich mache gute Arbeit und vor allem viel davon! Ja, ich komme manchmal vielleicht fünf Minuten zu spät, bleibe dafür aber den ganzen Tag, meistens ohne Mittagspause bis Ladenschluss!«, verteidigte ich mich und wunderte mich über mich selbst, woher ich den Mut auf einmal nahm, um ihm meinen Standpunkt klar zu machen.

»Ja, dass es reicht, da bin ich ganz Ihrer Meinung!«, wetterte er weiter, ohne auf meine nachfolgenden Sätze einzugehen.

»In Ihrem Arbeitsvertrag steht ab acht Uhr, und was haben wir jetzt?«

Jetzt war genug. Ich musste etwas ändern und konnte keine Minute mehr für diesen cholerischen Nichtsnutz arbeiten!

Der Stuhl rückte laut schabend über den Boden, als ich mich erhob.

»Wir haben acht Uhr zehn. Zehn! Zehn Minuten! Und wie viele Minuten habe ich Ihnen bereits geschenkt? Minuten, in denen Sie den ganzen Tag auf Ihrem faulen Arsch in diesem blöden Büro rumsitzen und mich und Natalie schuften lassen. Wissen Sie was? Ich kündige freiwillig! Suchen Sie sich eine andere Dumme, die Ihre Arbeit macht!«

Mit großen Augen sah er mich an, und lehnte sich

langsam in seinem Drehstuhl zurück, als ob er Angst haben musste, dass ich ihn gleich anspringen würde.

Auf dem Absatz drehte ich mich um, verließ den Raum und knallte die Tür hinter mir zu.

»Was war das denn?«, rief mir Natalie entgegen, während ich wutschnaubend auf sie zulief.

»Es tut mir leid, dass ich dich im Stich lassen muss, aber es geht nicht mehr! Ich habe gekündigt.«

Alle Farbe wich aus ihrem ohnehin schon blassen Gesicht und sogar ihre blonden Haarsträhnen sahen noch heller aus.

»Was hast du?«, fragte sie ungläubig.

»Gekündigt. Und du solltest dir das ebenfalls überlegen!«

Natalie stand von ihrem Stuhl auf, streckte mir verdattert meine Tasche entgegen und ich drückte meine Kollegin kurz an mich.

»Wir bleiben in Kontakt. Ich verspreche es dir«, sagte ich.

»Gerne! Aber eigentlich war mir schon längst klar, dass es nicht mehr lange dauern würde.«

Wir verabschiedeten uns voneinander und ich griff noch nach dem Schirm, der vor der Tür direkt zum Einsatz kam.

Anfang Juni und es regnete in Strömen. Toller

Sommer.

Immer noch benommen lief ich über den nassen Bürgersteig und starrte auf den Boden. Ich hatte es gemacht. Ich war frei! Frei!

Dümmlich vor mich her grinsend ging ich weiter. Und was jetzt? Ich konnte alles machen, worauf ich Lust hatte.

Ich musste unbedingt meinen Freundinnen und Max davon erzählen! Ich blieb unter einem kleinen Vordach vor einer Bäckerei stehen, schloss den Schirm und suchte in der Tasche nach meinem Handy. Stattdessen fand ich eine kleine rechteckige Visitenkarte. Sekundenlang starrte ich sie an, bevor ich mein Telefon herauszog, und schnell begann zu wählen, ehe ich es mir anders überlegen konnte.

Es klingelte dreimal, danach vernahm ich seine Stimme.

»Mathis? Ich mach es, ich komme mit nach Paris!«

Zuhause angekommen aß ich eine Kleinigkeit und setzte mich dann zur Feier des Tages mit einer Flasche Wein auf die Couch.

Auf dem Heimweg hatte ich bereits Emma, Conni und Max angerufen und ihnen alles erzählt.

Natürlich waren sie genauso aus dem Häuschen,

wie ich es war. Emma versprach, mich dort zu besuchen, und Max wollte sich um meine Wohnung kümmern, damit ich, falls es in Paris nicht funktionierte, jederzeit zurückkommen konnte.

Nun hatte ich den Laptop auf dem Schoß, stellte die Füße auf der Kante meines Wohnzimmertisches ab und nippte an dem Weinglas. Nach was sollte ich denn zuerst suchen? Ich hatte mit Mathis soweit besprochen, dass ich in zwei Tagen nachreisen sollte. Den Flug hatte ich bereits gebucht. Es ging morgens um sieben Uhr los. Da Emma und Max sich nicht einigen konnten, wer mich fahren sollte, kamen sie einfach beide mit.

Bis dahin aber eine Wohnung zu finden, war mehr als schwierig, das hatte ich bei meiner spontanen Entscheidung gar nicht bedacht.

Innerhalb von zwei Stunden suchte ich mich durch das gesamte Internet, bis ich auf eine kleine Anzeige auf deutsch stieß:

Jill sucht Mitbewohnerin für 2er-WG in Paris.
Mache kaum Dreck, bin kaum zuhause und brauche hin und wieder ein wenig Unterhaltung. Freue mich auf deinen Anruf!

Das klang genau richtig! Ich griff nach meinem Telefon und wählte die angegebene Rufnummer.

Nach mehrmaligem Klingeln wurde abgehoben und ich hörte im Hintergrund Gitarrenklänge, die jedoch auf das nachfolgende Rufen verstummten.

»Pssst! Theo! Sei doch mal still! Hallo?«

Ich schluckte, na das konnte ja heiter werden, aber blieb mir etwas anderes übrig?

»Hallo! Mein Name ist Paula Brandl, ich rufe wegen der Anzeige für das WG-Zimmer in Paris an. Ist es noch frei?«

»Ja! Hi, ich bin Jill! Freut mich! Ab wann möchtest du denn einziehen?«

»Also, ähm, am liebsten in zwei Tagen, da reise ich nämlich an.« Ich stockte, vielleicht war das ein wenig zu fordernd, aber ich brauchte unbedingt eine Wohnung. Egal welche!

»Klar, kein Problem. Dann hab ich noch genug Zeit zum Aufräumen«, sie lachte ein helles Lachen, das so gar nicht zu ihrer kratzigen Sprechstimme passte, sie aber auf Anhieb sympathisch machte. Ich atmete erleichtert aus.

Nachdem wir das Thema mit der Miete geklärt hatten, durfte ich beruhigt feststellen, dass auch die Höhe kein Problem war. Ich war wirklich wahnsinnig froh über dieses Glück! Wie sagte Conni nicht immer, Schicksal?

»Super. Dann schickst du mir die ganze Adresse und ich komm einfach vorbei?«, fragte ich.

»Genau, machen wir alles ganz locker. Bis in zwei Tagen!«

»Tschüss!«

Sie legte auf und ich ließ das Handy sinken. Das war jetzt einfacher als gedacht.

Ich hatte einen Flug und sogar eine Wohnmöglichkeit! Ich schob den Laptop zur Seite und sprang auf, hüpfte aufgeregt und quietschend in meinem gesamten Wohnzimmer herum. Ich zog nach Paris! Und konnte fotografieren! Und lernen! Und die Stadt der Liebe kennenlernen!

Atemlos sank ich wieder auf die Couch zurück. Die Stadt der Liebe ganz alleine. Ich dachte unfreiwillig an Nic. Seine Berührungen und Aussagen, die so gar nicht zu der Show mit der Brünetten gepasst hatten. War er wirklich so ein guter Schauspieler? Aber bei Dennis hatte ich es damals auch nicht mal annähernd vermutet.

Blöde Männer. Vielleicht sollte ich mich, dort angekommen, einfach von ihnen fernhalten.

Kapitel 10

»Hast du alles? Zahnbürste? Deinen Reisepass?«

»Max, Paris ist Europa, da brauche ich keinen Reisepass und kann sicherlich alles kaufen, was ich jetzt noch vergessen habe. Mach dich mal locker, du machst mich auch noch total nervös!«, sagte ich zu meinem Bruder, der vor mir stand und mir besorgt entgegenblickte.

Ich war schon aufgeregt genug und hatte die ganze Nacht nicht geschlafen, das würde ich ihm aber bestimmt nicht auch noch erzählen.

Emma drängte Max beiseite und drückte mich an sich.

»Süße, melde dich, wenn du da bist! Es wird alles super! Das wird das Abenteuer deines Lebens, endlich!«

Sie hielt meine Schultern fest und schob mich ein Stück von sich weg. »Meine Kleine wird endlich groß!«, schniefte sie gespielt und ich musste lachen.

Nun war es Max, der mich aus ihrer Umklammerung befreite und mich an sich zog.

»Wenn irgendetwas ist oder du Hilfe brauchst,

musst du mich nur anrufen und ich bin sofort da! Okay?«, sagte er liebevoll zu mir und ich schlang meine Arme noch fester um ihn.

»Ich werde euch alle vermissen!«, sagte ich und schluckte mühsam die Tränen hinunter, die sich den Weg in meine Augen bahnten.

»Wir dich auch, Schwesterchen.«

Ich winkte den beiden noch ein letztes Mal zu und verschwand dann hinter dem Check-in des Frankfurter Flughafens.

Ungefähr zwei Stunden später, saß ich endlich im leicht verspäteten Flieger und wackelte angespannt mit meinen Beinen. Es war ewig her, seit ich geflogen war, vor allem ganz alleine, und ich war deshalb extrem nervös. Außerdem war ich gespannt, ob Paris genauso war, wie ich es in meinen Erinnerungen hatte.

»Alles in Ordnung bei Ihnen?«

Ich sah hinüber zu meiner linken. Eine ältere Dame schaute mir fragend ins Gesicht.

»Ja danke. Ich bin schon lange nicht mehr geflogen.«

»Ach Schätzchen!«, sagte sie und drückte mit ihrer Hand tröstend meinen Unterarm, der verkrampft auf der Armlehne lag. »Ich bin bestimmt schon einige Hundert Mal geflogen, und bisher ist nichts passiert.«

Ich lächelte ihr dankbar entgegen.

»Ich bin Hilde, freut mich!«, sagte sie und ich war froh, über solch eine nette Sitznachbarin.

»Paula, freut mich ebenfalls!«

»Darf ich fragen, was Sie in Paris vorhaben? Urlaub?«

Normalerweise war ich nicht der Typ Mensch, der jemandem Wildfremden einfach seine Lebensgeschichte erzählte, aber Hilde war so nett und aufgeschlossen, dass es einfach aus mir heraussprudelte.

Sie hörte sich meine gesamte Geschichte an, schimpfte mit mir über die Männer, lachte, als ich erzählte, wie ich gekündigt hatte und sah mir warm lächelnd entgegen, während ich von Max und meinen Freundinnen schwärmte. Sie war die perfekte Sitznachbarin, denn in einer rasenden Geschwindigkeit waren wir in der Luft und genauso schnell wieder unten, ohne dass ich auch nur daran dachte, wie viele Meter mich vom Boden trennten.

Ich half ihr noch mit ihrem Gepäck und wir verabschiedeten uns erst, als ihr Enkel sie in Empfang nahm und ich ihr mehrmals versicherte, dass ich wirklich ein Taxi nahm und sie mich nicht auch noch irgendwo hinfahren brauchte.

Einige Minuten später rollte ich meinen Koffer

über den Bürgersteig zum Taxistand. Nachdem ich mich mitsamt meiner Handtasche auf den Rücksitz des vordersten Autos fallen gelassen hatte, atmete ich tief durch.

Der Fahrer stieg ein, nachdem er meine Sachen verstaut hatte, drehte sich auf seinem Sitz um und fragte, wohin ich wollte.

Dieses Mal dankte ich nicht nur meinen Eltern für die Privatschulen und Sprachstunden in Englisch, Französisch und Spanisch, sondern auch meiner Oma, die immer mit mir französisch gesprochen hatte, wenn ich bei ihr war. Denn, auch wenn ich so lange nicht mehr in Frankreich war, verstand ich ihn besser, als gedacht.

»11. Arrondissement, bitte«, sagte ich und der Fahrer fuhr los.

Ich erschrak zum ersten Mal, als er nach wenigen Minuten anfing, wild zu fluchen. Er hupte, bremste, gab Gas und das alles fast gleichzeitig.

Ich krallte mich ängstlich mit feuchten Fingern in den Haltegriff über dem Fenster, und war zur gleichen Zeit höchst gespannt, wie viele französische Schimpfwörter er noch kannte.

Nach den längsten und angsterfülltesten dreißig Minuten meines Lebens, hielten wir endlich in einer netten, kleinen, gepflasterten Straße.

Die Häuser links und rechts erstreckten sich nicht

höher als vier Stockwerke und waren allesamt Altbauten.

Ich fühlte mich hier auf Anhieb wohl, weil alles hier eine Gemütlichkeit ausstrahlte, die mich an das Viertel, in dem meine Oma gewohnt hatte, erinnerte.

Der Taxifahrer zeigte auf eine auffällige rote Tür mit einem großen goldenen Knauf in der Mitte.

»Wir sind da«, brummte er und ich nickte. Mein Herz klopfte schneller und Aufregung machte sich in meiner Brust breit.

Nachdem ich mich für die wilde Fahrt bedankt und ihn bezahlt hatte, stieg ich aus und sah mich zuerst um, während der Fahrer mir meinen Koffer auf den Bürgersteig stellte und danach mit quietschenden Reifen davon fuhr.

Weiter hinten in der Straße konnte ich einige Restaurants, Cafés und Kneipen entdecken. Wunderbar! Dann war ich also direkt mitten im Geschehen der Stadt.

Jetzt musste nur meine Mitbewohnerin nett sein. Bitte! Lass sie nett sein!

Das dumpfe Klingeln meines Handys tönte aus meiner Handtasche und ich zog es hastig hinaus. Der Blick auf das Display verriet mir, dass ich die Nummer nicht kannte, und ging gespannt ran.

»Brandl, Hallo?«

»Hallo Madame Brandl! Mein Name ist Chloé und ich rufe im Auftrag der Fotoagentur Roth & Foyer an. Mein Chef bat mich darum, Ihnen zu sagen, dass Sie sich morgen um acht Uhr bei uns einfinden sollen. Dort treffen Sie auf Monsieur Roth und Monsieur de Losquet. Die Adresse schicke ich Ihnen gleich zu.«

»Okay. Vielen Dank, Chloé«, sagte ich und verabschiedete mich von ihr. Gut, zumindest mein Plan für den morgigen Montag stand bereit. Jetzt fühlte ich mich ein wenig sicherer.

Ich ging zur Tür und las die Namen auf den Klingelknöpfen.

Meine zukünftige WG-Freundin Jill hatte mir die Adresse und ihren Nachnamen glücklicherweise gestern noch geschickt. Deshalb fand ich das Klingelschildchen mit der krakeligen Schrift, auf dem *Lange* stand schnell und drückte darauf.

Kurze Zeit später wurde der Türsummer betätigt. Nachdem ich durch die Tür trat, stand ich in einem einladenden Flur, mit grün-weißen Kacheln auf dem Boden und grauen Tapeten an den Wänden.

»Hallo! Schön, dass du da bist! Vierter Stock, komm einfach hoch!«, rief Jill durch das Treppenhaus.

Vor mir erstreckte sich eine dunkelbraune, alte

und sehr unebene Holztreppe. Ich sah von ihr zu meinem Koffer. Vierter Stock. Oh je.

Ich umfasste bereits die Griffe und erklomm ächzend die ersten Stufen, als ich das Knarzen der Treppenstufen und Schritte von oben, zügig in meine Richtung kommend, hörte.

»Brauchst du Hilfe? Du siehst jedenfalls so aus.«

Ich hob den Kopf und ein grünes Augenpaar fixierte mich. Der Typ, der nun einige Stufen über mir stand, setzte sich in Bewegung und zog mir den schweren Koffer aus der Hand.

»Du bist sicherlich die neue Mitbewohnerin von Jill, oder?«

Ich nickte überrascht. Woher wusste er das? Vielleicht wohnte er auch hier im Haus und die Nachbarschaftspflege ging über das übliche Zuckerausleihen hinaus.

»Ja, ich bin eben angereist. Und danke.«

Er war bereits mit dem Koffer nach oben gelaufen und drehte sich zu mir um. Seine Augen funkelten und er grinste verschmitzt. »Gern geschehen. Und wie lange hast du vor zu bleiben?«

Ich zuckte mit den Schultern. »Ich weiß es nicht genau, mein Job hier ist für drei Monate, aber vielleicht finde ich danach etwas Festes. Wenn mir die Stadt gefällt ...«, sagte ich und er lachte.

»Das wird sie ganz bestimmt und wenn nicht, sag

mir Bescheid und ich kann dir einige schöne Ecken zeigen.«

Ich lächelte. Auch wenn er mit seinen grünen Augen und dunklen Haaren wirklich süß, und so, wie ich ihn gerade kennengelernt hatte, sehr nett war, war ich nicht hier, um in das nächste Liebesabenteuer zu schlittern. Andererseits hatte ich vor, aus meinem üblichen Muster der grauen, schüchternen Maus auszubrechen und wer hatte etwas gegen eine Freundschaft gesagt?

»Gerne.«

Er blieb neben mir stehen und stellte den Koffer auf die Türschwelle.

»Hier ist es. Ich bin übrigens Theo, Jills Bandkollege. Sorry, hab mich gar nicht richtig vorgestellt.«

Aha. Also doch kein Nachbar.

Er streckte mir die Hand entgegen und ich ergriff sie. »Ich bin Paula. Aber das weißt du ja eigentlich schon.« Er grinste.

»Also, wenn du magst, geb ich dir meine Nummer und du ...«

»Nein!«

Wir drehten unseren Kopf in die Richtung einer wütenden Stimme und ich sah eine zierliche, junge Frau mit schwarzem fransig geschnittenem Haar und mit viel Kajal dunkel umrahmten Augen. Sie hatte die Arme vor der Brust verschränkt und funkelte ihn böse an.

»Theo, vergiss es!«

Na super! Wenn meine neue Mitbewohnerin eifersüchtig war, konnte das jetzt lustig werden, denn sie sah gerade nicht so aus, als würde sie viel Spaß verstehen. Dabei hatte ich ganz und gar nicht vorgehabt ihn ihr wegzuschnappen.

Theo hob abwehrend die Hände. »Mach dich locker Jill, war nur ein Vorschlag.« Er zwinkerte mir zu und lief bereits die ersten Treppenstufen wieder herunter. »Bye! Bis hoffentlich bald!«

Als er aus unserem Sichtfeld verschwunden war, schaute ich mit einem mulmigen Gefühl zurück in Jills Richtung. Das komplette Gegenteil ihrer Laune von eben strahlte mich an. Sie zog mich unvermittelt in ihre Arme, als wären wir schon jahrelang befreundet und kannten uns nicht erst seit zwei Minuten.

»Ich freu mich, dass du da bist! Los komm rein, dann zeig ich dir alles und wir trinken erstmal ein Bier!«

Bier? Band? Ich mochte sie auf Anhieb! Bis auf die Szene von gerade eben, für die sie sicherlich ihre Gründe gehabt hatte, wurde das mit ihr bestimmt eine tolle Zeit!

Kapitel 11

Jill hatte mir zuerst die gesamte, wirklich sehr schöne, Wohnung gezeigt.

Hohe Decken mit stuckverzierten Elementen. Breite alte Holztüren und eine perfekte Raumaufteilung.

Vom langen Flur aus gingen zwei Zimmer links und zwei Zimmer rechts ab.

Links lag vorne mein Schlafzimmer, dahinter die Küche. Bei meinem Zimmer gab es nichts zu meckern. Es hatte ein breites Fenster, welches viel Licht spendete, war bereits komplett möbliert und groß genug, damit man sich direkt wohlfühlen konnte.

Am Ende des Flurs lag ein überschaubares Badezimmer ohne Fenster, aber die Größe machte mir nichts aus. Jill sah nicht so aus, als bräuchte sie mehr als Haarschaum und Kajal, und ich war ebenfalls in der Hinsicht keine typische Frau, die stundenlang vor dem Spiegel verbrachte.

Auf der anderen Gangseite befand sich Jills Schlafzimmer und das große Wohnzimmer. Beide Räume konnte man mit einer breiten Zwischentür miteinander verbinden. Jill erzählte mir, dass man in dem phänomenal großen Raum, der dadurch entstand, die besten Hauspartys feiern konnte.

Die gesamten Möbel, einschließlich der Küche, waren bunt zusammengewürfelt und sahen aus, als kämen sie von jedem Flohmarkt, den es in der Stadt gab. Aber ich mochte das sehr, war meine Wohnung in Frankfurt doch relativ ähnlich eingerichtet.

Bei meinen Eltern Zuhause gab es nur teure Designerstücke, die allein dazu da waren, das Haus möglichst hochwertig zu füllen. Max und ich durften uns früher noch nicht mal alleine auf die Stühle im Esszimmer setzen, weil meine Eltern dachten, wir verkratzten mit unseren Kinderfingern den Lack des schweineteuren Esstisches.

Nun saßen wir in der gemütlichen Küche an einem hellen Holztisch in der Ecke.

»Fotografin also! Dann haben wir ja so etwas wie eine kleine Künstler-WG«, schloss Jill meine Erzählungen der letzten Minuten, nach der Frage, was mich hierher verschlagen hatte.

»Du fotografierst auch?«, fragte ich sie und nippte erneut an meinem Biermischgetränk mit Cranberry, äußerst lecker!

»Nee«, sie schüttelte mit dem Kopf. »Aber hat auch was mit Bildern zu tun. Ich zeichne!«

»Ach echt? Die Bilder hier in der Wohnung, sind

die von dir?«

Sie strahlte stolz und setzte sich etwas aufrechter hin, während sie nickte.

»Wow! Jill, die sind echt gut!«

»Danke! Das kannst du mal meinen Eltern sagen ...« Jill machte ein betretenes Gesicht und ich hatten den Eindruck, ihr war die soeben gemachte Bemerkung nun unangenehm.

»Wollen sie nicht, dass du malst?«

»Nee. Am liebsten hätten sie es gehabt, wenn ich in unserer Metzgerei eingestiegen wäre, den Nachbarsjungen geheiratet und viele kleine Nachkommen gezeugt hätte, weil man das bei uns im Dorf so macht.«

»Wo kommst du denn her?«

Sie schnaubte. »Kennste wahrscheinlich eh nicht. Aus einem kleinen Dorf aus Bayern, ungefähr achthundert Einwohner. Ich war mit meinem Aussehen, der Malerei und meiner Singerei für die komisch genug.« Sie zupfte an dem Piercing in ihrer Augenbraue, zuckte daraufhin aber mit den Schultern.

»Egal. Jetzt bin ich hier und so langsam versteh ich mich mit meinen Eltern besser. Anscheinend haben sie akzeptiert, dass ich anders bin, als sie. Aber ich bin jetzt auch schon drei Jahre hier.«

»Drei Jahre?«, fragte ich verblüfft. Das war eine

lange Zeit!

»Ja, aber ich hab mir hier ja auch was aufgebaut. Hab Freunde gefunden und einen Job als Zeichnerin bei einem kleinen Zeitungsverlag. Nur alleine wohnen wollte ich hier nicht. Ich bin froh, dass ich nun wieder eine Mitbewohnerin hab!«

Sie lächelte freundlich und ich erwiderte es.

»Was war denn mit der vor mir?«, fragte ich neugierig und Jill trank einen Schluck, ließ sich daraufhin mit ihrer Antwort ein wenig zu lange Zeit.

»Sie hat gesagt, sie fand ihren Job scheiße und die Miete war ihr zu teuer. Ich glaube aber, es gab da einen anderen Grund.«

Ich lehnte mich gespannt nach vorne und legte meine Unterarme auf den Tisch ab.

»Was meinst du damit?«

»Theo.«

»Theo? Der Typ von eben? Dein Bandkollege?«, fragte ich und sie nickte.

»Genau der! Er ist einer meiner besten Kumpels, aber ein Aufreißer, als gäbe es kein Morgen! Er bricht den Mädels, vor allem unseren Groupies, regelmäßig das Herz.«

Ach das war der Grund, weshalb sie vorhin so sauer reagiert hatte? Komisch, auf mich hat er den Eindruck gemacht, als wäre er ein ganz netter, normaler Kerl und wirklich an mir interessiert. Er war gut!

»Und du hast Angst, dass du schon wieder eine Mitbewohnerin verlierst?« Ich grinste. »Keine Sorge! Ich hab erstmal von Männern genug.«

Ich hob meine Bierflasche in die Höhe und streckte sie ihr entgegen. Mit einem Klirren und einem breiten Grinsen stießen wir an.

»Auf uns Frauen!«, sagte sie.

»Auf uns Frauen!«, wiederholte ich.

Es war bereits sehr spät, als ich endlich in mein Zimmer ging. Morgen war Montag und der Job fing an. Ich musste unbedingt pünktlich sein! Eigentlich hätte ich gar nicht so lange mit Jill wachbleiben dürfen, aber es war ein wirklich toller Abend gewesen, der mich von meinem Heimweh ablenkte, welches leicht in meiner Brust pochte.

Jill erzählte mir einige witzige Erlebnisse, die sie mit ihrer Band erlebt hatte und ich schwärmte von Max und meinen Freundinnen. Auch die Geschichte von Dennis erzählte ich ihr, damit sie verstand, weshalb es kein Problem mit Theo geben sollte, weil ich so oder so die Nase voll von Män-nern hatte.

Und sogar Nic erwähnte ich, weil es so einfach

war, ihr dies alles anzuvertrauen. Jill stimmte mir zu und bestätigte, dass sie sicherlich genauso reagiert hätte wie ich.

Auch wenn mein Kopf, und nun auch Jill, meine Entscheidung Nic einfach zurückzulassen und in ein anderes Land zu reisen, durchaus logisch fanden, wollte mein Herz doch etwas ganz anderes.

Und zwar, dass die Frau an seiner Seite nicht diese Brünette war, sondern ich. Dass wir unsere gemeinsame Nacht, von der mir nur noch Bruchstücke blieben, wiederholen würden. Und vor allem, dass seine Aussagen ernst gemeint waren, und nicht gelogen.

Ich setzte mich auf den Bettrand und erkundete mein neues Zimmer. Morgen machte ich mich erstmal dran, es etwas wohnlicher einzurichten, die Schränke zu füllen, und einige mitgebrachte Fotografien von mir aufzuhängen.

Plötzlich fiel mir ein, dass mir Emma und Conni gestern noch etwas zugesteckt hatten. Ein Päckchen, welches ich erst aufmachen sollte, wenn ich hier war.

Ich ging zu meinem bereits geöffneten Koffer, der auf dem Boden lag, und kramte nach dem roten Geschenkpapier.

Als ich es endlich in die Finger bekam, konnte ich

es kaum erwarten und riss das Papier mit einem lauten Ratschen auf. Eine schwarze Holzkiste, ähnlich einer Zigarrenschachtel, mit goldenen Beschlägen kam zum Vorschein und ich öffnete sie. Ganz oben lag ein Brief.

Liebe Paula,
wir hoffen, du bist gut angekommen und fühlst dich wohl!
Damit wir nicht zuviel verpassen und du uns vor allem nicht vergisst, haben wir in dieses Paket zwölf bereits frankierte Postkarten gelegt. Eine für jede Woche deines drei monatigen Paris-Abenteuers!
Schreibe uns eine Zusammenfassung deiner Woche und schicke sie ab.
Wir sind sehr gespannt, was du alles erleben wirst.

P.S.: Die Pariser sind von Emma! Denk dran: bei jedem Pariser einen Pariser *kicher*

Liebste Grüße,
Emma & Conni

Ich musste lachen und hatte gleichzeitig Tränen in den Augen. Meine zwei Besten. Ich würde mir alle Mühe geben, meine Erlebnisse für sie zusammenzuschreiben.

Ich legte die Postkarten auf den Schreibtisch unter dem Fenster und steckte das Päckchen Kondome in meine Nachttischschublade. Emma hatte wieder an alles gedacht, auch wenn ich mir sicher war, dass ich diese sicherlich nicht brauchen würde.

Nachdem ich mich in mein Bett gelegt hatte, starrte ich an die Decke. Wenn mich jetzt jemand gefragt hätte, wie es mir ging, ich hätte es ihm nicht beantworten können.

Ich hatte Heimweh nach meinen Freunden und meiner Familie, war aufgeregt vor meinem morgigen ersten Arbeitstag und freute mich über eine beginnende Freundschaft mit Jill.

Mit diesem Blumenstrauß an Gefühlen schlief ich irgendwann endlich erschöpft ein und träumte einen wirren Traum von blauen Augen unter dem Eiffelturm in einem warmen Regenschauer.

Kapitel 12

Zwanzig Minuten vor der vereinbarten Uhrzeit stand ich vor dem Gebäude und legte meinen Kopf in den Nacken, um an der funkelnden Glasfassade des Hochhauses hochblicken zu können. Wow! Ich wusste gar nicht, dass es in Paris ebensolche Häuser wie in Frankfurt gab.

Ich überprüfte noch einmal mein heutiges Outfit in den Spiegelgläsern neben der Drehtür. Mein liebster schwarzer, enganliegender Rock, darüber die schöne, dunkelblaue Seidenbluse von Emma, die sie mir nach dem Abend der Ausstellung geschenkt hatte. Sie behauptete nämlich, dass ich nur aus diesem einen Grund Nic aufreißen konnte. Natürlich mit einem scherzhaften Augenzwinkern.

Nach einem tiefen Atemzug ging ich durch die Eingangstür und versuchte, mich in der riesigen Halle zu orientieren.

Neben den Aufzügen auf der rechten Seite stand eine hohe Tafel mit Beschreibungen der Firmen.

Roth & Foyer, fünfundzwanzigster Stock.

Ich fuhr mit dem Lift hinauf und strich mir aufgeregt eine offene, dunkelblonde Haarsträhne hinter das Ohr. Mein Herz raste, als ich den Flur betrat und zur Rezeption ging.

Dahinter saß eine blonde, junge Frau, die, in ihre Arbeit vertieft, auf der Tastatur ihres Computers tippte. Vielleicht war das Chloé?

»Bonjour«, sagte ich und räusperte mich, weil mir unterwegs anscheinend irgendwo die Stimme verloren gegangen war.

»Bonjour. Sie wünschen?« Sie sah mich aus großen, blauen Augen erwartungsvoll an.

»Mein Name ist Paula Brandl. Ich habe einen Termin bei Monsieur Roth.«

Sie nickte bestätigend und stand auf. »Bitte folgen Sie mir in den Konferenzraum.«

Wahrscheinlich-Chloé ging vor mir her. Mit ihren sicherlich fünfzehn Zentimeter hohen Absätzen stolzierte sie federleicht über den Gang und ich bewunderte sie für den grazilen Hüftschwung dabei, den ich sicherlich in diesen Hacken nicht hinbekommen hätte. Ich trug ebenfalls ein Paar Pumps, die allerdings nicht annähernd so hoch waren, wie ihre.

»Monsieur le Losquet ist bereits anwesend. Monsieur Roth ist gleich für Sie da.«

Sie öffnete eine Tür und bedeutete mir, einzutreten.

Gespannt spähte ich mit wildem Herzklopfen in

das Zimmer und ging hinein, um dann unvermittelt direkt wieder stehen zu bleiben.

Der Konferenzraum, wie sie es genannt hatte, war wie eine riesige Bibliothek hergerichtet. Ringsherum waren, bis auf einige kleinere Fenster, alle Wände mit Regalen bestückt. In den Ecken standen gemütlich aussehende Sessel und in der Mitte des Raumes war ein riesiger, rustikaler Tisch aus dunklem Holz.

An diesem erkannte ich den Fotografen, der direkt aufstand und mir entgegenkam, sowie einige andere Menschen, die ich zuvor noch nie gesehen hatte.

»Hallo, Paula! Schön dich zu sehen!« Er blieb vor mir stehen und streckte mir seine Hand hin, die ich direkt mit einem schüchternen Lächeln ergriff.

»Hallo Mathis«, sagte ich. Er drückte seine Lippen feucht auf meinen Handrücken. Nachdem er mich wieder losgelassen hatte, drehte er sich um und zeigte in den Raum. Dabei legte er seine Hand auf meinen unteren Rücken und ich fand seine Berührung in dieser geschäftlichen Atmosphäre äußerst unangenehm. Trotzdem traute ich mich nicht, mich herauszuwinden, um nicht gleich wie die größte Zicke der Welt dazustehen.

»Das sind meine Mitarbeiter. Emilie Flonay, unsere Visagistin. Jacques Jasset und Oscar Epareau sind für die Technik und den Aufbau des Sets zuständig. Sie werden dich in den nächsten Wochen anlernen.«

Ich nickte den drei Menschen am Tisch freundlich zu. Emilie sah mit ihren wilden, braunen Locken und dem freundlichen Lächeln sehr nett aus und war mir auf Anhieb sympathisch. Die beiden Männer auf ihrer rechten Seite nickten jeweils nur knapp zurück, ohne eine Regung auf ihren Gesichtern zu zeigen. Sie unterschieden sich um einige Jahre vom Alter, wohl aber nicht sehr vom Charakter. Der Rechte, den Mathis als Jacques vorgestellt hatte, war um die fünfzig, wogegen der andere Ende dreißig sein konnte.

»Nimm doch bitte Platz. Die Besprechung beginnt sofort.« Mathis deutete auf einen Stuhl neben seinem und wir setzten uns gegenüber seiner Mitarbeiter mit dem Rücken zur Tür.

Wenige Sekunden vergingen und ich spürte einen Lufthauch, als die Tür aufgerissen wurde.

»Sehr gut, ihr seid schon alle da! Dann können wir ja direkt anfangen.«

Der Mann, dessen tiefe Stimme mir einen wohligen Schauer verursachte, ging hinter mir vorbei und ich unterdrückte den Drang, mich umzudrehen, weil ich das als unhöflich und neugierig empfand.

Hätte ich es mal nur getan, denn was ich nun sah, krampfte meinen Magen zusammen und mein Körper geriet in eine Schockstarre.

Seine blauen Augen fixierten mich und ein Schmunzeln trat auf seine Lippen, während er vor dem Tischende stehen blieb.

Nic streckte mir seine kräftige Hand hin und ich zögerte, bevor ich sie ergriff.

»Was für eine Überraschung! Schön, dich wiederzusehen, Paula«, grinste Nic und strich unauffällig mit dem Finger über meinen Handrücken. Als hätte mich ein Stromstoß getroffen, entzog ich ihm ruckartig meine Hand.

»Ihr kennt euch?«, fragte Mathis verblüfft und Nic antwortete: »Ja ...«

»Flüchtig!«, unterbrach ich ihn und sah ihn eindringlich an, damit er bloß den Mund hielt.

»Oui, dann wird die Zusammenarbeit sicherlich etwas einfacher«, sagte Mathis erfreut und ich ließ meinen Kopf sinken.

›*Oder noch sehr viel schwieriger*‹, fügte ich im Geiste hinzu.

Nachdem Mathis Nic mit seinem vollen Namen ansprach, nämlich Nicolas, fiel mir das letzte Fragezeichen aus dem Gesicht.

Nicolas Roth, den Namen hatte ich bereits auf der Webseite der Fotoagentur gelesen, aber natürlich kam ich nicht darauf, dass Nic die Abkürzung dafür war.

Und dass er, als Agent, natürlich auf den Ausstellungen seiner Agenturkunden hin und wieder vertreten war. Außerdem nutzte er die Gelegenheit, wenn er schon mal eine Stadt besuchte, dort nach neuen Talenten Ausschau zu halten, wie ich innerhalb der Besprechung mitbekam. Aus diesem Grund war er auf der ersten Ausstellung, sowie natürlich auf Mathis' eigener.

Während die anderen sich über die Planung eines neuen Außenshootings, welches ich ab morgen begleiten sollte, unterhielten, konnte ich nicht aufhören, Nic, der mir gegenüber saß, ständig flüchtig anzusehen.

Er strich sich einige Male durch die Haare und notierte sich konzentriert etwas. Ich bewunderte seine kräftigen, männlichen Hände, die aus den Hemdärmel hervorlugten. Und ich wünschte mir, sie wären nicht nur um den Stift darin geschlungen.

Ein leises Räuspern riss mich aus meinen Gedanken und ertappt sah ich nach oben. Nics blaue Augen fixierten mich amüsiert und ich spürte, wie die Röte in mein Gesicht schoss. Schnell wandte ich meinen Blick ab und sah beschämt zu den anderen.

Glücklicherweise hatten sie nichts von meiner peinlichen Schwärmerei mitbekommen, denn Oscar argumentierte gerade, weshalb man die Scheinwerfer nicht in einem Brunnen aufstellen konnte, wohingegen Mathis das völlig egal war.

Dass Nic tabu war, war mir mehr als bewusst, aber schauen durfte man doch noch. Wenn er mir allerdings jeden Tag so heiß entgegentrat, wurde es sicherlich schwierig, mich zusammenzureißen und an die Arbeit zu denken.

Aber deswegen war ich hier! Meine zukünftige Arbeit als Fotografin!

Mit diesem Gedanken im Hinterkopf schaffte ich es, ihn die restliche Zeit nicht ein einziges Mal mehr anzusehen.

Ich spürte nur seinen Blick auf mir, bei dem es mir in regelmäßigen Abständen heiß wurde und ich mühsam unterdrücken musste, einfach meine Bluse aufzureißen, um wieder atmen zu können.

Mit der Metro fuhr ich nach Hause und öffnete die Haustür, aus der mir bereits im Flur laute Musik entgegen dröhnte.

Glücklicherweise hatte mir Mathis als Einstand

nach dem Meeting den restlichen Nachmittag freigegeben und ich hatte es geschafft, direkt abzuhauen, ohne Nic die Chance zu geben, mich noch einmal irgendwo abzufangen.

So war ich jetzt fast froh, die Musik zu hören, denn es zeigte mir, dass ich nicht alleine war. Ich musste unbedingt irgendjemandem vom heutigen Tag erzählen und Jill war die perfekte Verbündete.

Nachdem ich meine Tasche in die Ecke gestellt hatte, klopfte ich laut an ihrer Zimmertür an. Die Musik wurde leiser gedreht und Jill öffnete die Tür.

»Hallo! Ich dachte, ich sag kurz Bescheid, dass ich wieder zurück bin!«, sagte ich. Sie lächelte herzlich und ging einen Schritt zur Seite.

»Komm rein! Und wie war es?«, fragte sie und ich setzte mich auf ihren Schreibtischstuhl, während sie mir gegenüber auf ihrer Bettkante Platz nahm.

»Die Besprechung war gut, ich bin sehr gespannt auf morgen, da geht das Shooting dann los. Aber du rätst nicht, wen ich noch getroffen habe.«

Sie machte große Augen, schüttelte den Kopf.

»Keine Ahnung! Wen?«

»Nic«, sagte ich und sie lachte laut los.

»Wie denn das?«, fragte sie, nachdem sie sich endlich wieder beruhigen konnte.

»Er ist der Agenturchef, mit dem Mathis zusammenarbeitet.«

»Nee oder? Jetzt reist du ein paar hundert Kilometer weg und trotzdem verfolgen die Kerle dich!«

Ich musste in ihr Lachen einstimmen, denn sie hatte Recht.

»Aber, ich hätte etwas, dass dich auf andere Gedanken bringen könnte. Wir treten heute Abend in einer Kneipe ganz in der Nähe auf. Komm doch mit! Die Jungs würden sich bestimmt freuen, dich kennenzulernen.«

Jill hatte mir von ihrer Band *Skirt Roar* erzählt. Sie spielten irgendetwas zwischen Rock, Alternative und Electronic und ich konnte mir darunter rein gar nichts vorstellen.

Abgesehen von Theo, den ich bereits kennengelernt hatte, gab es noch Arthur und Ethan. Nach all den Erzählungen und Geschichten über sie, war ich wirklich gespannt darauf, sie zu treffen!

Allerdings sollte ich mich wohl auf den ersten Shootingtag morgen vorbereiten und war ziemlich müde. Wie auf Kommando gähnte ich und hielt mir die Hand vor den Mund. »Sorry, aber ich bin heute echt platt. Vielleicht am Wochenende? Spielt ihr da irgendwo?«

Sie nickte. »Ja, und wir sind öfters abends in einer Kneipe hier am Ende der Straße. Spielen Dart und hängen einfach ab, vielleicht hast du Lust, mal da mit zukommen?«

»Gerne, danke! Ich glaube, ich sollte mal etwas essen«, sagte ich und erhob mich.

»Ich muss auch gleich los. Lass es dir schmecken!«

Ich nickte ein letztes Mal, ging zuerst in mein Zimmer, um mir etwas bequemeres anzuziehen, und schlurfte daraufhin in die Küche. Dort angekommen suchte ich mir die Zutaten für ein Rührei zusammen und stand mit dem Kochlöffel vor dem alten Herd. Ich beschloss, morgen nach der Arbeit direkt einkaufen zu gehen, damit Jill nicht für uns beide das Essen bezahlen musste. Meine Gedanken schwirrten zurück zu dem unverhofften Treffen heute.

Oh Mann, wie sollte ich das überleben? Nic jeden Tag zu sehen, oder zumindest relativ häufig. Vielleicht würde ihn seine Freundin sogar auf der Arbeit besuchen und ich müsste so tun, als wären wir nur Kollegen.

Wobei, genaugenommen waren wir das derzeit ja auch. Auch wenn ich mir insgeheim wünschte, wir wären mehr. Warum mussten Männer so verdammt bescheuert sein? Frustriert rührte ich mit dem Löffel in der Pfanne herum und zwang mich, an etwas anderes zu denken, als an seine tiefen blauen Augen.

Kapitel 13

Mit der Metro fuhr ich zum *Place de la Concorde*. Auf dem Platz befand sich ein gigantischer, alter Brunnen, der, neben dem weiblichen Model, als Hauptmotiv dienen sollte.

Mathis vorherige Assistentin Agnes, die vor drei Wochen abgereist war, hatte für den heutigen Tag eine Sondererlaubnis erwirken können, damit wir an diesem vielbesuchten, öffentlichen Ort fotografieren durften.

Das, hatte Mathis mir gestern erzählt, sollte in Zukunft unter anderem meine Aufgabe sein. Ich war gespannt, ob ich die französischen Behörden ebenso um den Finger wickeln konnte, wie es anscheinend Agnes getan hatte.

Es war noch sehr früh, die Sonne noch nicht aufgegangen und die Straßen lagen in der Dunkelheit. Straßenlaternen säumten meinen Weg und warfen vereinzelt helle Lichtkegel auf den Asphalt.

Mathis hatte gestern gesagt, dass bei Sonnenaufgang die besten Lichtverhältnisse herrschten, außerdem wurde der Brunnen im Dunkeln mit einem warmen Licht beleuchtet, was unglaublich schön aussah.

Von der Ferne sah ich bereits die mir schon bekannten Gesichter.

Emilie frisierte etwas entfernt das brünette Model, die beiden Techniker bauten Lampen und verschiedene Stative auf.

»Guten Morgen, Paula!«, rief mir Mathis entgegen und ich hob die Hand.

»Guten Morgen!«

»Wir müssen direkt beginnen, damit wir das Licht nicht verpassen!«, sagte er beschäftigt und drehte sich wieder zum Brunnen um.

Gestern hatte ich bereits die Anweisungen erhalten, dass ich beim Einstellen der Lichtverhältnisse unterstützen sollte, die Aufbauarbeiten des Equipments überwachen, sowie für die Sicherung der Bilder nach dem Shooting zuständig war. Alle Arbeiten, die daneben anfielen, musste ich ebenso erledigen. Ich war extrem angespannt, wenn ich daran dachte, ob ich das überhaupt alles schaffen würde. Ich schwitzte schon jetzt, riss mich aber aus meinen Gedanken und ging hinüber zu Mathis und den anderen.

Wir arbeiteten einige Stunden, änderten Motive, Posen und das Licht. Der Platz wurde von Stunde zu Stunde voller und war übersät von Touristengruppen und anderen Menschenmassen, die sich nun scharenweise um uns versammelten, um einen Blick auf unsere Arbeit werfen zu können.

»Ach verdammt! Der Akku ist fast leer. Paula, hol mir doch bitte mal einen neuen!«, rief mir Mathis zu, ohne aufzuschauen, und sah weiterhin durch den Sucher der Kamera.

Ich lief hinüber zu den Taschen, und kramte, in der Hocke sitzend, darin herum. Glücklicherweise hatte ich mich heute Morgen für ein paar bequeme Sneakers und eine dunkelblaue Jeans entschieden, so hatte ich kein Problem damit, hin und her zu hetzen. Und das tat ich, jedes Mal, wenn Mathis rief.

Ein Kribbeln durchfuhr mich und begann an meiner rechten Schulter, auf der ich warm eine große Hand liegen spürte.

»Hallo, Paula«, raunte Nic und die Gänsehaut breitete sich über meinen ganzen Körper aus.

Ich schaute nach hinten und sah ihn überrascht an. Als er meinen Blick erfasste, funkelten seine Augen, aber er zog fast umgehend seine Hand zurück.

Ich stand auf, drehte mich zu ihm um und befand mich nun so nah vor ihm, dass ich seinen unglaublich guten Duft wahrnahm und nur meine Hand ausstrecken musste, um seine Wange berühren zu können. Ein Schritt nach vorne würde genügen, und meine Brüste würden seinen Oberkörper streifen.

Wir hielten weiterhin Blickkontakt, bis ich mich aus seinem Bann entzog und räuspernd zurücktrat, um wieder etwas Luft zu holen.

»Hallo Nic.«

»Und, wie war der erste Tag?«, er grinste mich an und steckte die Hände in die Taschen seiner Anzughose, die ihm unglaublich gut stand. Er trug in der Wärme Paris' kein Jackett, und hatte den oberen Knopf seines hellblauen Hemdes locker aufgeknöpft. Allein bei dem Gedanken, wie er unter diesem Hemd aussah, wurde mir noch heißer, als ohnehin in der brütenden Sonne.

»Sehr gut! Mathis und die anderen sind wirklich nett und haben mir sehr geholfen.«

»Sofern man von nett sprechen kann bei Oscar und Jaques. Sie reden ja nicht genug, als das man es wüsste.« Er grinste verschmitzt und ich konnte ein Kichern nicht unterdrücken, denn er hatte Recht. Mehr als einige knappe Sätze hatte ich aus ihnen nicht herausbekommen.

»Stimmt. Vielleicht brauchen sie noch ein paar Tage, um warm zu werden.«

»Hattest du schon Zeit, dir überhaupt die Stadt anzusehen?«, wechselte er das Thema und ich schüttelte mit dem Kopf. »Nein, bisher nicht. Ich bin erst seit Sonntag hier.«

»Brauchst du einen Fremdenführer? Ich kenne da zufällig einen richtigen Insider, der weiß, wo sich die schönsten Flecken hier befinden.« Er zwinkerte mir zu und deutete eine Verbeugung an. »Zu Ihren Diensten, Madame!«

›Oh Gott, ja!‹, schrie es in meinen Gedanken. Während meiner damaligen Ferienbesuche hatte meine Oma mir bereits Einiges von Paris gezeigt. Trotzdem hatte sie mit mir natürlich nie das Standard-Touristenprogramm durchgezogen. Ihrer Meinung nach sollte ich die Stadt so kennenlernen, wie sie sie als Einheimische kannte. Hauptsächlich besuchten wir mit ihr befreundete Fotografen bei Shootings und ich liebte die Atmosphäre, die dort herrschte. Das aufgeregte Treiben, die vielen Menschen, die über das Set wuselten und die Schaulustigen, die die Arbeit der Fotografen bewunderten. Vielleicht war das auch mit ein Grund, weshalb ich das Fotografieren angefangen hatte.

Vieles hier in der Stadt erinnerte mich an sie. Auch wenn es hauptsächlich gute Erinnerungen waren, bemerkte ich doch, wie sehr ich sie immer noch vermisste. Vielleicht könnte mir Nic helfen, alles aus einem anderen Blickwinkel zu sehen?

Trotzdem war da immer noch ein anderes Hindernis.

»Ich denke, das ist keine so gute Idee«, sagte ich. Mein blödes Gewissen stand mir einfach immer wieder im Weg.

»Komm schon, ist doch nur eine Tour durch die Stadt, oder hast du Angst vor mir?«

»Ganz bestimmt nicht!«

»Was? Dass du Angst hast, oder dass du mitkommst?«

Ich schüttelte lächelnd mit dem Kopf. Wahrscheinlich war wirklich nichts dabei. War doch nur eine Führung.

»Na gut«, sagte ich und er grinste siegessicher, was mein Herz erneut zum Hüpfen brachte.

»Schön! Heute nach Feierabend? Nicht, dass du es dir noch anders überlegst!«

»Okay, heute nach Feierabend«, stimmte ich zu.

»Paula! Der Akku!«, rief Mathis und ich sog erschrocken die Luft ein. Oh nein! Hektisch kramte ich weiter in den Taschen, bis ich ihn endlich fand und mit einem letzten Blick in Nics Augen meine Arbeit verrichtete.

Nic blieb bis kurz vor Arbeitsende am Set. Er hatte sich auf eine nahegelegene Parkbank gesetzt, einen Laptop auf den Schoß gestellt und hielt in regelmäßigen Abständen sein Handy ans Ohr. Hin und wieder warf ich einen Blick zu ihm rüber, weil ich einfach nicht anders konnte, und jedes Mal trafen sich unsere Augen.

Mein Herz pochte aufgeregt, wenn ich daran dachte, dass ich nachher ganz alleine mit ihm wäre.

Oh Gott, wie tief war ich gesunken? Jetzt war ich die andere Frau. Aber, wenn er so glücklich in seiner Beziehung war, wieso zeigte er dann so ein offensichtliches Interesse an mir? Oder, vielleicht war sie gar nicht seine Freundin, sondern seine Schwester? Wieso hatte ich daran noch nicht früher gedacht?

Es musste so sein! Dieser Gedanke machte es mir einfacher und ich freute mich wahnsinnig. Ich riskierte noch einen Blick zu der Bank, auf der er gesessen hatte, konnte ihn aber nicht entdecken. Hoffentlich war jetzt nicht er der mit den kalten Füßen.

Als endlich die Zeit gekommen war, um die Sachen zu packen, spürte ich seine bloße Anwesenheit hinter mir. Schon legte er seine Hand auf meinen unteren Rücken. Wieder fing mein Herz heftig an zu schlagen, denn von seinen Fingern, die nun leicht hin und her streichelten, ging eine angenehme Wärme aus.

Auch wenn ich mir mehr wünschte, entzog ich

mich doch seiner leichten Berührung, weil ich nicht wusste, ob ich wollte, dass die anderen und vor allem Mathis davon erfuhren.

Ich drehte mich um und er schaute mir mit zusammengezogenen Augenbrauen ins Gesicht. Er hatte sich umgezogen, trug nun ein lockeres Freizeithemd, Jeans und ebenfalls Sneakers.

»Du hast es dir nicht anders überlegt, oder?«, fragte er mich mit eindringlichem Blick.

»Nein, natürlich nicht!«, sagte ich viel zu schnell und er lächelte.

»Gut, denn ich habe schon das ultimative Sightseeing-Programm ausgearbeitet.«

Ich lachte. »Na, da bin ich froh, heute Turnschuhe zu tragen, was? Denn wenn ich dich so ansehe, war meine Wahl richtig.«

»Lass dich überraschen.« Er zwinkerte mir zu. »Bist du bereit?«

»Klar«, sagte ich, griff nach meiner großen Handtasche, zog meine Kamera heraus und wedelte damit durch die Luft. »Mehr als das!«

Wir halfen Oscar noch, die letzten Taschen in seinen Van zu laden, und verabschiedeten uns von ihm und Jacques. Emilie und Mathis waren bereits gegangen und ich war erleichtert, denn ich war mir sicher, dass die beiden Techniker keine Fragen stellen würden, weshalb Nic und ich zusammen gingen.

Und als Tratschweiber, die so etwas direkt weitertrugen, konnte ich sie mir nun wirklich nicht vorstellen.

Wir gingen bis zur Straße, wo Nic vor einem schwarzen Audi stehenblieb. Er öffnete mir die Beifahrertür und ließ mich einsteigen, bevor er um das Auto herumging und selbst Platz nahm. Ich bewunderte seine selbstsicheren Bewegungen und roch den Hauch seines Aftershaves, als er sich auf den Sitz fallen ließ.

»Wo fangen wir an?«, fragte ich ihn neugierig und er schenkte mir ein jungenhaftes Grinsen, während er sich in den Pariser Alptraum-Verkehr einfädelte. »Lass dich überraschen.«

Glücklicherweise war Nic trotz der Hupkonzerte und Fahrweisen der anderen, ein ruhiger und ausgeglichener Fahrer. Nicht wie der Taxifahrer, der mir die Höllenfahrt meines Lebens beschert hatte und ich allein beim Gedanken daran feuchte Finger bekam.

»Jetzt musst du mir aber mal erzählen, wie du von deinem kleinen Fotostudio zu Mathis nach Paris gekommen bist«, sagte er und ich riskierte einen Blick auf sein perfektes Profil. Gerade Nase, kantiges Kinn und Stoppeln eines Dreitagebartes. Heiß. Ich räusperte mich, weil es mir unangenehm war, an den besagten Abend zu denken. Der, an dem ich Mathis kennengelernt hatte. Und vor allem der, an dem ich ihn mit dieser Frau gesehen hatte.

»An dem Abend der Ausstellung, bei der wir uns wiedergesehen haben, hat Mathis mich angesprochen und wir kamen ins Gespräch.«

»Angesprochen?«, fragte er und ich sah, wie er die Fingerknöchel kurz um das Lenkrad verkrampfte, jedoch direkt wieder losließ. Seine Miene zeigte keine Regung, weshalb ich mir sicher war, die Anspannung bezog sich auf den Straßenverkehr vor uns.

»Um genau zu sein, habe ich ihm ein Getränk über die Hose geschüttet und wir sind erst danach ins Gespräch gekommen.«

Er lachte. »Keine schlechte Anmache.«

Empört riss ich die Augen auf und drehte den Oberkörper zu ihm. »Das war keine Anmache!« Nic lachte noch lauter und sagte grinsend, »War nur ein Spaß, hab ich mir schon gedacht, Chéri.« Seine Hand, die locker auf dem Schaltknauf lag, löste sich und er strich zart mit den Fingern über mein Knie. Das und sein Kosewort ließen meine Beine weich werden und ich hielt unfreiwillig die Luft an. Glücklicherweise saß ich, sonst wäre ich auf der Stelle eingeknickt und sicherlich unsanft auf dem Boden aufgekommen.

So flüchtig wie die Berührung war, so schnell zog er seine Finger wieder zurück und ich lehnte mich tiefer in den Sitz. Natürlich war es ein Witz, wieso hatte ich so extrem reagiert? Doch im Grunde wusste ich es, denn ich wollte unter keinen Umständen, dass er dachte, ich hätte irgendein anderes Interesse an Mathis, als unsere geschäftliche Beziehung.

»Wir sind da«, sagte Nic und parkte den Wagen in einer Parklücke. Er stieg aus und ging mit gezielten Schritten auf die Beifahrerseite, um mir die Tür zu öffnen. Ich lächelte geschmeichelt. »Danke.«

Wir gingen ein Stück und ich blieb unvermittelt stehen. Nic, der bereits einen Schritt auf eine Treppenstufe gesetzt hatte, drehte sich um und sah mir fragend ins Gesicht.

»Alles okay?«

Ich schnaubte, denn vor mir lagen Treppen, soweit das Auge reichte. Ich ging zwar immer noch zweimal die Woche mit Emma ins Fitness-Studio, aber darauf war ich nicht vorbereitet.

»Müssen wir da hoch?«

Er grinste. »Oh ja. Da oben liegt die *Sacre-Coeur* von *Montmartre*. Damit sollte man als Pariseinsteiger unbedingt anfangen. Außerdem haben wir von da oben eine fantastische Aussicht.«

»Das sind mindestens eine Million Treppen? Wie

lange brauchen wir dafür? Drei Tage?«

»Komm. Es sind nur ungefähr 300.« Er lächelte und streckte seine Hand in meine Richtung aus. Ich zögerte, ergriff sie jedoch dann doch.

Ich war es nicht gewöhnt, dass ein Mann so offen sein Interesse an mir zeigte. Dennis war noch nie der Typ für Liebesbekundungen oder Pärchenkram, wie er es genannt hatte, gewesen. Händchenhalten oder verliebte Küsse in der Öffentlichkeit gab es in unserer Beziehung nicht. Ich hatte mich damals wohl oder übel damit abgefunden.

Ein ganz anderes Gefühl stahl sich nun in meine Brust, während ich Nics weiche Finger spürte. Ich freute mich, dass er mich berühren wollte, mit mir Händchen hielt, und wie er mich ansah. Dagegen verblassten die Gründe, weshalb ich drei Jahre an meinen Ex verschwendet hatte, umgehend.

Mein Herz klopfte wild, und das nicht im Ausblick des heutigen Ausdauertrainings. Nic zog mich sanft die Treppen hinauf und ich musste feststellen, dass er wahnsinnig gut trainiert sein musste, denn sein Atem ging keinen Deut schneller.

Ich hingegen war am Rande meiner Puste. Blöder Cardio-Pump-Kurs, wäre ich mal lieber mehrere Stunden auf das Laufband gegangen.

Oben angekommen, stützte ich meine Hände auf den Oberschenkeln ab und versuchte, meine Atmung unter Kontrolle zu bringen.

Ich spürte seine Hand, die sanfte Kreise auf meinem Rücken zog und mein Verlangen drängte das Gefühl der Erschöpfung zur Seite.

»Ist doch viel besser, wenn man etwas dafür getan hat, statt wie die ganzen Touristen die Seilbahn zu nehmen.«

Ich stellte mich gerade hin und sah ihn wortlos an. Es dauerte einige Atemzüge, bis ich fragen konnte: »Seilbahn?«

»Komm!«, sagte er grinsend und ich seufzte noch einmal, bevor ich ihm durch das Innern der gewaltigen Kirche, bis auf das Dach folgte.

Wir stellten uns an den Rand des Geländers. Er deutete nach vorne und mir blieb fast der Mund offen stehen.

»Auf dieser Seite siehst du den Eiffelturm und Notre Dame«, erklärte er mir.

»Wow«, sagte ich ehrfürchtig vor dem Ausblick über die gesamte Stadt. Obwohl wir so weit oben standen, hörte man hier noch die Musik des Drehorgelspielers, der unten auf dem Platz stand, und roch den Duft von gebrannten Mandeln, die am Fuße der Kirche verkauft wurden. Der Eiffelturm streckte sich weit aus den Häuserfassaden in die

Höhe und berührte mit seiner Spitze fast die Wolken, unter denen die Sonne immer noch ihre orangefarbenen Strahlen schickte. Die Aussicht hier war phänomenal und die Anstrengung der Treppen rutschte weit in den Hintergrund. Ich zog glücklich meine Kamera aus der Tasche und begann das Bild, dass sich mir bot, einzufangen. Unauffällig drehte ich mich manchmal so, dass ich Nic mit auf das Bild bekam. Aber natürlich ganz zufällig ... Glücklicherweise merkte er es nicht, sondern sah entspannt in die Ferne und streifte nur hin und wieder zufrieden meinen Blick. Geduldig ließ er mir Zeit, mich mit meiner Kamera zu verausgaben, bis ich sie, nach gefühlten hunderten von Fotos, zurück in meine Tasche steckte und zu ihm an das Geländer trat.

»Das ist Notre Dame da vorne?«, ich zeigte in die Richtung. »Das ist die Kirche mit dem Glöckner, nicht?«

»Genau, aber glaub lieber an das Zeichentrickende, denn eigentlich ist die Geschichte sehr traurig.«

Ich drehte mich zu ihm und sah ihm in die Augen. Das Blau hatte in diesem Licht eine Farbe wie Meerwasser und ich versank fast darin.

»Wieso?«

»Esmeralda wurde wegen Hexerei angeklagt.

Quasimodo konnte ihre Hinrichtung nicht verhindern und starb daraufhin vor Liebeskummer an ihrem Grab.«

»Oh Gott!«, schniefte ich und schob die Unterlippe vor. »Dann mag ich die Kinderversion lieber.«

»Keine Sorge, heute werden keine Hexen mehr verbrannt. Zumindest nicht öffentlich«, zwinkerte er mir zu und schlang seinen Arm um meine Hüfte, zog mich dicht an seine Seite. Schweigend sahen wir gemeinsam über die Stadt und ich genoss das Gefühl, eng an ihn geschmiegt hier zu stehen.

Nach einiger Zeit löste er sich von mir. »Hast du Hunger?«

»Und wie!«

»Dann komm!« Er reichte mir wieder seine Hand. Mit einem Kribbeln wie von hundert Ameisen in meinem Magen, nahm ich sie, und wir begannen den Abstieg zu seinem Auto zurück.

Kapitel 14

Wir saßen in einem kleinen gemütlichen Restaurant auf einer ausladenden Außenterasse. Auf den Tischen lagen rot-weiß karierte Tischdecken aus Stoff, rings um uns herum wuchs wilder Wein an hohen Sichtschutzwänden aus Holz. Über den Klang der Musik, die seicht aus den Lautsprechern an der Hauswand plätscherte, hörte man vereinzelt die Geräusche der Großstadt, Autohupen oder laute Rufe der Menschen auf den Straßen.

Ich nippte an meinem Rotwein und sah Nic über den Rand des Glases an. Es war ein wunderschöner Abend gewesen. Wir unterhielten uns über unsere Familien. Seine Eltern lebten ganz in der Nähe von Frankfurt und seine jüngere Schwester war mit ihrem Mann nach Berlin gezogen. Er sah sie viel zu selten und bedauerte das sehr. Ich musste plötzlich an Max denken und erzählte Nic witzige Geschichten aus unserer Kindheit, um ihn etwas aufzumuntern. Wie wir die Kindermädchen ausgetrickst und ihnen Streiche gespielt hatten.

»Wir haben Erbsen in mehrere Gläser mit Wasser getan, und diese dann im Zimmer unseres Kindermädchens Marga versteckt. Sie hatte die ganze Nacht kein Auge zugetan, weil die Erbsen der Reihe nach aufgeploppt und aus dem Glas gekullert waren und sie die Quelle des Geräusches einfach nicht gefunden hatte.«

Nic lachte lauthals und wischte sich einzelne Lachtränen aus den Augen. »Das habt ihr nicht getan?«

»Doch!«, strahlte ich ihn an. »Und wir haben ihr sogar Lebensmittelfarbe in ihren Schwarzen Tee geschüttet. Sie rannte den ganzen Tag mit roten Zähnen rum und wusste es nicht!«

»Paula, das hätte ich nun wirklich nicht von dir gedacht«, sagte er gespielt entrüstet und ich grinste ihn fast stolz an.

»Hat es dir geschmeckt?«, fragte er mich und ich blickte noch einmal auf den leeren Teller vor mir.

»Das war das beste und erste Coq au vin in meinem Leben!«

»Dann wird es nicht dein Letztes gewesen sein!«, lachte er.

»Und die Macarons als Nachtisch waren göttlich! Die könnte ich jeden Tag essen!«

Ich stellte mein Glas auf den Tisch und legte meine Hand daneben.

Sein Arm, der ganz in meiner Nähe lag, zuckte, und ich war mir sicher, er hätte mich genauso gerne berührt wie ich ihn.

»Am Wochenende gibt es hier ein Freilichtkino im Park. Hast du Lust, mit mir hinzugehen?«, fragte er mich und mein Herz machte einen aufgeregten Hüpfer.

Schnell zog ich meine Hand zurück, denn mein schlechtes Gewissen darüber, was ich hier machte, kam mit solch einer Wucht zurück, dass mein Blut mir in den Ohren rauschte.

Ich sollte ihn darauf ansprechen. Unbedingt. Jetzt. Aber ging es mich denn etwas an? Bisher war doch noch gar nichts passiert, wir hatten nur einen schönen Tag und einen noch schöneren Abend. Keinen Kuss. Und das Bedauern war so stark darüber, dass ich es mir selbst nicht ausreden konnte.

Ich brauchte Gewissheit. Hatte er eine Freundin, oder nicht? Aber sollte ich dadurch die entspannte Stimmung zwischen uns kaputt machen? Ich beschloss, mir selbst noch etwas Schonfrist zu geben. Vielleicht löste sich das Problem von ganz alleine.

»Alles okay?«, fragte er mich und ich hob meinen Blick. Er sah anscheinend an meiner Miene, dass mich etwas die letzten Minuten beschäftigt hatte.

Ich nickte. »Ja, danke. Aber, ich muss morgen wieder früh raus, vielleicht sollte ich jetzt gehen«, sagte ich und ließ die Frage nach dem Kinobesuch unbeantwortet stehen.

»Natürlich! Ich fahr dich«, sagte er und winkte nach dem Kellner, der verstand und vermutlich im Innenraum des Restaurants die Rechnung holte.

»Ach, brauchst du nicht. Ich nehm einfach die Metro.«

»Nein!«, unterbrach er mich bestimmt. »Selbstverständlich fahre ich dich. Ist doch schneller mit dem Auto. Und sicherer.«

Ich ließ resigniert meine Schultern sinken, denn anscheinend war da kein Verhandlungsspielraum in seiner Aussage. Also noch weitere zwanzig Minuten, in denen ich mich zusammenreißen musste, in denen ich seinen Duft roch und seine Wärme spürte.

Ich presste unter dem Tisch unauffällig meine Oberschenkel zusammen, um dem Verlangen, welches mich erneut überschwemmte, nicht nachzugeben.

»Hast du ein Handy dabei?«, fragte er mich plötzlich und ich nickte. »Klar.«

»Kann ich es kurz haben?«

Ich kramte in meiner Tasche und schob ihm daraufhin das Telefon über den Tisch zu. Er tippte etwas hinein und gab es mir zurück.

»Falls du doch Lust auf Kino hast.«

Brav und züchtig hatten wir uns vor meiner Haustür verabschiedet. Anscheinend hatte er gemerkt, dass ich zweifelte, denn er machte keine Anstalten mir einen Abschiedskuss zu geben oder mich auch nur zu berühren. Er brachte mich bis zur Eingangstür und stieg nach einem letzten 'Gute Nacht' wieder in sein Auto.

Auf dem Weg in die Wohnung wurde ich von Stufe zu Stufe frustrierter. Nur weil ich so ein Feigling war, konnte ich das Thema nicht einfach aus der Welt schaffen, denn ich hatte viel zu viel Angst vor einer Antwort. Nämlich davor, dass die Brünette seine Freundin war und er ein genauso mieser Fremdgänger wie Dennis wäre.

Oben angekommen kam mir Jill im Flur entgegen.

»Wo warst du denn so lange? Arbeiten?« Sie stand vor dem Spiegel im Flur, hatte sich die Haare frech gestylt, noch dicker Kajal um die Augen gezogen als sonst, und zupfte an ihrem schwarzen, extrem kurzen Rock.

»Nicht ganz.«

»Sag!«, drängte sie mich und ich lief an ihr vorbei zu meinem Zimmer. Was sollte das werden, ein Verhör?

»Nic hat mir noch ein bisschen die Stadt gezeigt.«

»Nic? Der Typ mit der Freundin?«

»Vielleicht-Freundin!«, korrigierte ich sie und warf meine Handtasche deprimiert seufzend auf mein Bett.

»Frag ihn doch einfach«, sagte sie und zuckte mit den Schultern, als wäre nichts dabei. Sie lehnte sich seitlich an meinen Türrahmen und verschränkte die Arme vor der Brust.

Ich hatte keine Lust mehr darüber nachzudenken, was ich wann mit wem tun sollte, und lenkte aus diesem Grund ab.

»Und du, gehst nochmal aus?«

Sie grinste und ihre Miene entspannte sich. Geschafft! In Ablenkungsmanövern war ich schon immer sehr gut.

»Wir treffen uns noch im JoJo hier in der Straße. Komm doch mit, die anderen sind auch da!«

Ich sah auf meine Armbanduhr. Eigentlich war es zu früh, um ins Bett zu gehen. Bei Nic hatte ich das Argument nur vorgeschoben, damit ich unserem Gespräch aus dem Weg gehen konnte. Nun war ich jedoch so aufgekratzt, dass ich sowieso kein Auge zutun würde, und wollte ich außerdem nicht mal etwas Spaß haben?

»Okay!«

Sie strahlte. »Echt? Cool! Wir können gleich los!«

Das JoJo war eine kleine, rustikale Kneipe. Dunkler Holztresen, eine kleine, im Moment unbesetzte, Bühne am Ende des Raumes und davor alte Tische, auf denen die Besucher ihre Namen, Herzchen, Penisse oder anderen Kram ins Holz gekratzt hatten.

Die Atmosphäre war verraucht, das Publikum bunt zusammengewürfelt und im Hintergrund lief Musik aus einer uralten Jukebox.

Jill winkte in eine dunkle Ecke. Am Tisch saßen drei Personen, von denen mir zwei nicht bekannt vorkamen, und daneben Theo.

Wir gingen durch den Raum und Jill deutete auf einen der zwei freien Stühle, die vor dem Tisch standen. Und zwar auf den, der am weitesten von Theo entfernt schien. Innerlich musste ich grinsen. Ich konnte schon alleine auf mich aufpassen, außerdem hegte ich keinerlei Interesse an ihm, vor allem nicht nach dem, was Jill mir erzählt hatte. Mal ganz davon abgesehen, dass in meinen Gedanken gar kein Platz für einen anderen Mann frei gewesen wäre.

»Hi Jungs! Das ist Paula, meine neue Mitbewohnerin«, sagte sie und wir setzten uns.

Ich hob die Hand grüßend. »Hallo!«

Jill deutete von rechts nach links zuerst auf einen großen, schlaksigen Typ mit haufenweise Piercings und Tattoos. Seine Lieblingsfarbe schien wohl, genauso wie bei Jill, Schwarz zu sein, denn seine gesamte Kleidung, selbst seine Haare, trugen diesen Farbton.

»Das ist Ethan, er spielt Bass« Ethan nickte und sie deutete weiter. »Das ist Arthur, unser Schlagzeuger.«

Arthur sah aus wie ein Teddybär mit einem extrem langen, zotteligen Bart. Er hatte langes rötlich-braunes Haar, welches er zu einem Zopf gebunden hatte und lächelte mir freundlich entgegen. »Hallo Paula!«

Ich erwiderte sein Lächeln.

»Und Theo kennst du ja bereits.«

Theo streckte mir seine Hand über den Tisch und ich ergriff sie, um nicht unhöflich zu sein.

»Hi«, sagte er lässig und sah mich eindringlich an. Ich konnte verstehen, dass es sicherlich einige Mädels gab, die auf ihn standen, denn er war durchaus attraktiv und beherrschte dieses Bad-Boy-Rockband-Getue wirklich ausgezeichnet.

Nachdem wir uns eine Runde Bier bestellt hatten, erzählten Jill und die anderen aufgeregt alte Geschichten. Dass sie bereits eine Tour durch Frankreich gemacht hatten, regelmäßig in Kneipen hier in Paris auftraten und auf den großen Durchbruch warteten. Die Songtexte texteten Jill und

Ethan gemeinsam, um die Technik kümmerte sich Arthur und Theo übernahm die Planung der Auftritte. So hatte jeder eine wichtige Aufgabe und ich fand es toll, wie gut sie zu harmonieren schienen.

Während ihrer Erzählungen spürte ich Theos Blick auf mir. Es irritierte mich zunehmender und ich wusste nicht, weshalb er sich nicht einfach ein anderes Opfer suchte. Jill hatte doch zu verstehen gegeben, dass sie das nicht duldete. Mal davon abgesehen, dass ich den ganzen Abend nicht einmal anders in seine Richtung sah, als freundschaftlich. Unauffällig zog ich das Handy aus meiner Tasche und spähte auf das Display, weil ich sehen wollte, ob mir Nic nicht doch geschrieben hatte. Nachdem er seine Nummer nach dem Essen eingespeichert hatte, hatte ich ihn zurückgerufen, damit er meine ebenfalls hatte. Nur für den Fall.

Stattdessen sah ich Dennis Namen auf dem Bildschirm prangen und steckte es genervt zurück. Ich antwortete ihm schon seit Wochen nicht mehr, weshalb versuchte er es denn immer noch?

»Ich muss mal«, sagte ich und stand auf, denn Bier korrespondierte eindeutig nicht mit meiner Blase.

»Soll ich mitkommen?«, fragte Jill und ich machte eine wegwerfende Handbewegung.

»Ach was, ich bin schon groß. Hinter der Bar oder?«

Sie nickte und ich setzte mich in Bewegung.

Nachdem ich wieder aus der Toilette herauskam, erschrak ich vor einer Bewegung in meinem rechten Augenwinkel.

Theo stand an der Wand gelehnt und hatte prompt nach meiner Hand gegriffen. Er schlang seine Finger um mein Handgelenk und zog mich zurück zu ihm.

»Gilt dein Angebot noch?«

Ich runzelte die Stirn und sah ihn an. »Welches Angebot?«

Er lachte. »Na, mit dem Date.«

Ich entzog ihm mein Handgelenk und verschränkte meine Arme vor der Brust, damit er nicht auf die Idee kam, erneut danach zu greifen.

»Ich glaube, das ist nicht so eine gute Idee. Du hast doch Jill gehört«, versuchte ich, sie als Grund vorzuschieben, denn Nic dafür zu nutzen, erschien mir irgendwie unpassend.

»Ach Jill. Die hat gar nix zu sagen. Wir sind zwei erwachsene Menschen und können treffen, wen wir wollen«

»Besser nicht«, sagte ich fast trotzig, weil ich nicht wusste, was ich dagegen argumentieren sollte.

»Du wirst es nicht bereuen, das verspreche ich dir.«

Sein Raunen war mir mehr als unangenehm und

ich hatte die Vermutung, er war nur so hartnäckig, weil ihn das Jagdfieber gepackt hatte. Etwas, was man nicht bekommt, will man umso mehr, oder wie war das?

»Da bist du ja, ich hab mir schon Sorgen gemacht«, hörte ich Jill hinter mir und atmete erleichtert aus.

Sie blieb neben uns stehen und funkelte Theo böse an.

»Komm, wir gehen wieder an den Tisch.« Ich nickte mit einem letzten Blick in Theos Richtung, der mich immer noch fixierte.

Kapitel 15

Meine Nacht war leider sehr kurz, und der Morgen sehr früh. Mein Kopf brummte leicht vom Bier und in meinem Mund herrschte nach dem Aufwachen ein schaler Geschmack. Vielleicht sollte ich die Ausgehabende doch auf das Wochenende beschränken. Jill hatte wenigstens kein Problem mit dem frühen Aufstehen, aber meine Aufstehzeit grenzte knapp an Körperverletzung.

In diesem Job musste ich mich wohl daran gewöhnen, wenn ich vorhatte, selbst mal erstklassige Bilder zu schießen.

Ich kam glücklicherweise pünktlich bei unserem Shootingplatz an und begrüßte die Mannschaft.

Nach einigem höflichen Geplänkel nahmen wir alle unsere Arbeit auf.

Es war bereits kurz vor Mittag und ich stand mit einem Pappbecher, gefüllt mit frischem Kaffee, bei Emilie und unterhielt mich mit ihr, bis sie auf einmal an mir vorbeischielte und sagte: »Komisch. Sonst ist er doch nicht so oft am Set.«

Ich drehte mich neugierig um, und sah, wie Nic mit geschmeidigen Schritten auf uns zulief. Mein Herz raste auf einmal und in meinem Magen machte sich Aufregung breit. Wie würde er wohl nach unserem gestrigen Tag auf mich reagieren. Ich wollte immer noch nicht, dass Mathis irgendetwas von unserem Treffen erfuhr, und hoffte inständig, dass Nic professionell bleiben konnte.

»Guten Morgen, Ladys«, sagte er, nickte kurz in unsere Richtung und ging zielstrebig auf Mathis zu und an uns vorbei.

Verdutzt stand ich da und schaute ihm hinterher. Noch nicht mal eine persönliche Begrüßung? Und einfach an mir vorbeilaufen? Was sollte das denn?

Emilie zuckte mit den Schultern. »Also jedenfalls habe ich dann zu der Verkäuferin gesagt ...« Ich nickte, hörte den Erzählungen ihres letzten Wochenendes aber nur noch mit halbem Ohr zu. Als ihre Geschichte fertig war, zwang ich mich, nicht zu Nic zu sehen und ging hinüber zu dem Van, in dem der Laptop stand, auf dem ich die Bilder sicherte. Dort warf ich meinen mittlerweile leeren Becher weg, setzte mich auf die Türschwelle und stellte den Computer auf meine Beine.

»Paula, hast du Lust auf einen Kaffee?« Ich hob meinen Kopf und Mathis sah mich erwartungsvoll an.

Hinter seinem Rücken erspähte ich Nic, der sich mit Emilie zu unterhalten schien aber ständig aufmerksam zu uns rüber schaute. Wahrscheinlich interessierte ihn ihre Geschichte ebenso wenig wie mich gerade.

Für diesen Auftritt eben bestrafte ich ihn jedoch mit Desinteresse und strahlte Mathis an, obwohl ich eher auf eine Einladung von Nic gehofft hatte.

»Ja, gerne!« Er lächelte zurück.

»Fünf Minuten Fußweg entfernt von hier gibt es ein nettes Café.«

Nachdem wir es erreicht hatten, nahmen wir an einem weißen Holztisch Platz, der vor dem gemütlich aussehenden Bistro mit grüner Markise stand, darauf zu sehen der Schriftzug *Café du Soleil*. Die Kellner trugen allesamt dunkelgrüne Fliegen zu ihren weißen Hemden. Über uns spannte ein passender grün-weiß gestreifter Sonnenschirm und das Restaurant war wirklich gut besucht.

»Hier gibt es die besten Macarons!«, sagte Mathis und ich spähte weiter in die Karte.

Die besten Macarons hatte ich ganz bestimmt mit Nic, in dem kleinen Restaurant gestern Abend, gegessen.

»Ich nehme nur einen Cappuccino, bitte«, sagte ich und Mathis bestellte für uns beim Kellner, der bereits neben unserem Tisch aufgetaucht war.

»Wie gefällt dir die Arbeit, Paula?«, fragte er mich

und legte seine Unterarme auf dem Tisch ab. Ich war erleichtert, dass er kein persönlicheres Thema anschlug.

»Sehr gut, danke. Die anderen sind wirklich nett und die Arbeit macht sehr viel Spaß«, antwortete ich ihm und er lehnte sich noch ein Stückchen weiter in meine Richtung.

Was war denn nur mit den Männern in Frankreich los? Erst der aufdringliche Theo und jetzt auch noch mein Chef. Paris musste wohl in der Tat die Stadt der Liebe sein. Oder vielmehr der Lust.

»Das freut mich zu hören. Ich lege auch sehr großen Wert auf eine gute Zusammenarbeit innerhalb des Teams.«

Der Kellner brachte uns unsere Getränke und ich schaute ihm hinterher, bevor mein Blick wieder zu Mathis wanderte, der bereits weitergesprochen hatte. »Und deshalb finde ich es auch wichtig, in regelmäßigen Abständen etwas für den Teamzusammenhalt zu tun. Wie diesen Kaffee hier.«

Er hob seine Tasse in meine Richtung und nippte daran. Ich bemerkte kurz sein anzügliches Grinsen, wandte meinen Blick beschämt ab und starrte auf den Schaum des Cappuccinos.

»Außerdem ist morgen eine Vernissage und ich würde mich freuen, wenn du mich dorthin begleiten würdest.«

Auch wenn ich seine Andeutung mehr als verstand, wollte ich unbedingt in eine Ausstellung hier in Paris! Ich würde ihn schon irgendwie abgewimmelt bekommen, da war ich mir sicher.

»Ja gerne!«, sagte ich deshalb und er lächelte, als hätte er es sich bereits denken können.

»Hast du eigentlich schon mal darüber nachgedacht, selbst vor der Kamera zu stehen?«

»Ich?«, fragte ich ungläubig.

»Du würdest sicherlich ein ausgezeichnetes Model abgeben.«

Seine Art wurde mir von Wort zu Wort unangenehmer und ich halbierte den Inhalt meiner Tasse in einem Zug, damit wir bald aus diesem Café verschwinden und zum Set zurückgehen konnten.

»Nein«, sagte ich und schüttelte den Kopf. »Ich stehe lieber dahinter. Ich kann mir nicht vorstellen, dass das etwas werden würde.«

Er lehnte sich auf seinem Stuhl zurück und ich knabberte nervös an meiner Unterlippe.

»Doch doch. Ich sehe da etwas.« Er verengte seine Augen zu Schlitzen und beobachtete jeden meiner Gesichtszüge.

Wäre doch nur Nic hier, er würde dem Ganzen vermutlich ein Ende setzen. Oder Jill. Sie hatte es auch drauf, einen Mann in die Flucht zu schlagen.

Ich sah auf meine Armbanduhr und deutete mit dem Finger darauf.

»Wir sollten mal wieder los, die anderen warten höchstwahrscheinlich schon.«

Er setzte sich aufrecht hin, und sein Ausdruck verwandelte sich von lüstern zu geschäftstüchtig. »Ja, du hast Recht. Zeit ist Geld, nicht wahr!«

Ich atmete erleichtert aus.

Zurück am Set sah ich mit Freude, dass Nic immer noch da war. Er stand etwas außerhalb und telefonierte. Ich erkannte seinen breiten Rücken und das Spiel seines Bizeps unter dem Hemd, während er das Handy dicht ans Ohr presste.

Als hätte er meinen Blick gespürt, drehte er sich um und sah mir eisern entgegen. Seine Miene zeigte keine Regung, nur seine Lippen bewegten sich, während er weitersprach und ich konnte meinen Blick nicht von ihm abwenden.

Er legte auf und kam auf mich zu. Meine Nerven flatterten und waren zum Zerreißen gespannt.

»Hast du kurz eine Minute?«, fragte er mich, als er bei mir ankam.

Ich sah mich verstohlen um. Die anderen waren bereits wieder in ihre Arbeit vertieft und ich nickte.

Er umfasste sanft aber bestimmend meinen Ellenbogen, anscheinend damit ich nicht abhauen
konnte, und dirigierte mich in eine nahegelegene
Gasse. Ich war froh darüber, denn so gab es keine
unangenehmen Fragen, wenn man uns sah.

»Was ist los mit dir?«, fragte er mich und sah mir
mit gerunzelter Stirn entgegen.

Trotzig verschränkte ich die Arme vor der Brust.

»Mit mir? Wer hat denn heute Morgen fast die
Zähne nicht auseinanderbekommen?« Die Wut in
mir drängte jede Schüchternheit, die ich ihm
gegenüber entwickelt hatte, beiseite, und ich war
in diesem Moment sehr froh darüber.

»Du wolltest doch, dass keiner erfährt, dass wir
ein Date gestern hatten. Hast du zur Genüge gestern erwähnt.«

»Ein Date«, ich schnaubte. »Das war doch kein
Date.«

»Was denn sonst?« Er meinte es ernst. Nic sah das
wirklich als Date.

»Und was war das eben mit Mathis?«, ließ er mir
keine Chance zu antworten und ich schaute ihn
ungläubig an.

»Was meinst du? Wir waren Kaffee trinken, mehr
nicht.«

»Ja, so fängt es an. Paula, halt dich außerhalb des
Sets von ihm fern.«

»Seit wann hast du das Recht, mir Vorschriften zu machen? Ich kann noch ganz gut alleine entscheiden!« Ich funkelte ihm mit wütenden Augen entgegen, aber er zeigte keine Anstalten von Schwäche. Es schien ihn sogar überhaupt nicht zu beeinflussen.

»Ich mache dir keine Vorschriften, aber was denkst du, warum hat Mathis so einen enormen Assistentinnen-Verschleiß?«, fragte er lauter.

Was sollte das denn heißen? Bisher hatte ich nur von meiner Vorgängerin Agnes gehört, die bereits nach einem Monat, statt der vereinbarten drei, zurück nach Deutschland gereist war.

Auf einmal kam der Geistesblitz auch in meinem Gehirn an. »Du bist eifersüchtig!«, sagte ich, weniger als Frage, mehr als Feststellung.

»Und wenn?«, flüsterte er und ich schnaubte.

Heuchlerischer Arsch! Allerdings erzählte ich ihm besser nicht von der morgigen Einladung zu der Vernissage.

Ich wollte gehen, aber er versperrte mir den Weg aus der schmalen Gasse heraus und ich versuchte, mich an ihm vorbei zu drängeln. »Geh lieber zu deiner Freundin.«

Sein fester Griff um mein Handgelenk zog mich zurück, er drückte mich fest gegen die Wand der Gasse und presste sich an mich.

Hitze stieg in mir auf und meine Mitte pochte verräterisch, als ich seine Muskeln fest an meinem Körper und seinen Oberschenkel zwischen meinen Beinen spürte.

»Was erzählst du da?«, knurrte er und ich versuchte, seinen Blick zu halten.

Seine Hände drückten meine Arme neben meinem Körper dicht an die Steinfassade und er hielt mich weiterhin gefangen. Meine Atmung fiel mir schwerer und ich biss mir auf die Unterlippe, um zu verhindern, mich ihm entgegenzustrecken, damit er mich küsste. Denn, oh Mann, ich wollte es so sehr.

»Ich versteh dich einfach nicht. Das eine Mal bist du entspannt, witzig und zeigst mir, dass du mich magst und das andere Mal sagst du Sachen, aus denen ich mir keinen Reim machen kann. Ich mag dich, Paula. Wirklich! Und zwar seit dem Abend, an dem ich dich zum ersten Mal gesehen habe.«

Mein Herz klopfte schneller, Schmetterlinge breiteten sich in meinem Bauch aus und meine Handgelenke, die er immer noch umfasste, fingen an zu kribbeln.

Er lockerte etwas seinen Griff, drückte allerdings weiterhin gegen mich und ich spürte seine aufkommende Härte an meinem Bauch. Seine Augen wanderten zu meiner Lippe, die ich immer noch mit meinen Zähnen malträtierte.

Er musste meinen rasenden Puls ebenfalls spüren, denn ich fühlte seinen auf alle Fälle durch unsere Kleidung und hob mein Kinn ein Stückchen an.

»Ich mag dich auch«, sagte ich leise, fast trotzig, und ein kleines Lächeln erschien auf seinem Mund.

Allerdings hatte er das Thema mit der Freundin nicht wirklich abgestritten. Was das nun bedeuten sollte, verwirrte mich weiterhin.

»Wär das jetzt geklärt?«, fragte ich zickig, um der aufgeladenen Spannung zu entkommen, die immer noch zwischen uns herrschte und fast greifbar war.

Er löste sich von mir und ich musste mich zusammenreißen, um nicht einzusacken, denn meine Knie waren weich wie Wackelpudding.

»Können wir jetzt wieder zurück, die anderen fragen sich bestimmt schon, wo wir bleiben«, sagte ich, sah auf meine Kleidung und zupfte beschämt an meinem Shirt, um mich abzulenken, und nicht doch noch über ihn herzufallen.

»Sollen sie doch.« Er zuckte mit den Schultern und ich atmete einmal aus, während ich an ihm vorbei wieder zum Set zurückging und enttäuscht feststellen musste, dass er mich nicht aufhielt.

Kapitel 16

Ich stand vor dem Spiegel in unserem Flur und zupfte an dem blauen Kleid herum. Irgendwie war ich nicht zufrieden.

»Jill!«, rief ich und sie streckte den Kopf durch die Küchentür.

»Ja?«

»Kann ich so gehen?«, ich drehte mich zu ihr und sie trat mit einem Kochlöffel in der Hand aus der Tür.

»Hm, das ist irgendwie nicht das Richtige.«

Ich nickte, denn ich hatte genau den gleichen Eindruck.

»Warte!«, sie fuchtelte mit dem Löffel in der Luft herum und lief in ihr Schlafzimmer.

Kurz darauf kam sie mit einem winzigen Stück schwarzen Stoff in der Hand heraus und streckte es mir entgegen.

»Hier, ich hab mir dieses Teil gekauft und nie angehabt, weil es mir nicht kurz genug war.« Sie zwinkerte mir zu und ich sah skeptisch auf den Fetzen in ihrer Hand.

»Probier es wenigstens mal an!«, sagte sie. Ich schluckte und nahm es entgegen.

Nach fünf Minuten des Reinzwängens stand ich erneut im Flur und zog den doch äußerst knappen Rock des Kleides ein Stück herunter. Was hatte sie noch gesagt, weshalb sie es noch nie anhatte?

Der Stoff war wirklich angenehm weich und schmiegte sich eng an meine Kurven. Die dünnen Träger lagen zart auf meinen Schultern und der trägerlose Push-up-BH leistete ganze Arbeit. Da Jill ein gutes Stück kleiner war, als ich, saß der Rock bis zur Mitte meiner Oberschenkel und ich zupfte weiter daran herum.

»Perfekt!«, sagte sie und musterte mich von oben bis unten.

Ich sagte nichts dazu, aber mir blieb nicht mehr viel Zeit, um mich noch lange umzuziehen.

Ich schlüpfte in meine schwarzen, hochhackigen Pumps und griff nach meiner kleinen Clutch. Glücklicherweise war der Sommer in Paris dieses Jahr wirklich schön. Die Luft draußen war mild und warm und ich brauchte sicherlich keine Jacke.

»Viel Spaß! Und bleib sauber!« Sie zwinkerte mir zu und ich lachte.

»Ganz bestimmt!«

Unten auf der Straße angekommen, stand eine schwarze Limousine am Straßenrand. Die hintere Tür öffnete sich und Mathis stieg, bekleidet mit einem Anzug, aus.

Ich fühlte mich beobachtet, während ich versuchte, elegant zu ihm zu stöckeln.

»Paula! Du siehst bezaubernd aus!«, sagte er und ich lächelte. Kompliment war schließlich Kompliment.

Er bedeutete mir einzusteigen und schob sich selbst auf die Rücksitzbank. Der Fahrer fuhr los und ich spürte, wie Mathis von Kurve zu Kurve näher an mich rückte. Ich saß bereits am Ende der Sitzbank, eng an die Tür gepresst, und hoffte, die Fahrt wäre bald geschafft.

Um seinen Annäherungsversuchen zu entgehen, versuchte ich, Small-Talk über die Vernissage anzufangen und es schien zu funktionieren. Er rutschte wieder ein Stück von mir weg und erzählte in ausschweifenden Beschreibungen über den Künstler. Anscheinend konnte man ihn jedes Mal mit dem Thema Arbeit wieder in die Spur bringen. Gut zu wissen.

Endlich angekommen, hielt Mathis mir die Tür auf und reichte mir seine Hand, um mir beim Aussteigen zu helfen.

Auch wenn ich zögerte, gab es keinen Grund, mich anzustellen und sie nicht entgegenzunehmen. Also ergriff ich seine Finger und erkannte den Fehler, denn er ließ mich, bis wir uns drinnen befanden, nicht mehr los.

Ich versuchte mehrfach, mich ihm zu entziehen, bis ich es endlich schaffte und nur ein knappes »Pardon« erhielt. Als hätte er nicht genau gemerkt, was er da tat.

Ich sah mich in dem weitläufigen Raum um. Es waren bereits viele Menschen anwesend und ich ließ meinen Blick neugierig über sie schweifen.

Mein Atem stockte. Nahe der Bar stand Nic. Mit ihr! Schon wieder! Das konnte doch nicht wahr sein.

Ich hatte ihm nicht erzählt, dass ich heute mit Mathis hierherkommen würde, also dachte er sich, super, dann kann ich meine Freundin mitbringen. Der hatte Nerven!

Er drehte sich um, als würde er meine Anwesenheit spüren. Ein Lächeln stahl sich auf seine Lippen, als er mich erfasste und er musterte lüstern meinen Körper, der in dem engen, schwarzen Kleid steckte. Wut spülte mein Verlangen nach ihm weg und ich hatte das Gefühl, unbedingt seinen Blicken entgehen zu müssen.

»Entschuldigst du mich kurz?«, sagte ich zu Mathis und er nickte. »Natürlich.«

Ich folgte den Hinweisschildern zu den Waschräumen, ging eine Treppe nach unten und stellte mich vor das letzte Waschbecken der Reihe, welche sich an der gesamten linken Seite erstreckte. Meine Tasche legte ich auf den grauen Holz-waschtisch neben mich und stützte mich auf dem Beckenrand ab.

Ich hatte mich auf den Abend gefreut, weil ich dachte, mich endlich mal um meinen Job kümmern zu können. Mich unter andere Fotografen zu mischen und mich dort bekannt machen zu können. Aber nein, Nic und sein Herzblatt mussten mir wieder einen Strich durch die Rechnung machen.

Die Tür zum Waschraum ging auf und ich seufzte. Auch das noch.

»Hallo!«, sagte Nics Freundin und legte ihre kleine, goldene Tasche ebenfalls auf dem Wasch-tisch ab. Sie trug ein passendes goldfarbenes Kleid und ich musste gestehen, dass sie von nahem noch besser aussah, als aus der Ferne. Nun zog sie einen Lippenstift aus der Clutch und zeichnete damit ihre Lippen nach, während sie angestrengt in den Spiegel sah.

»Du kennst Nic?«, fragte sie wie beiläufig und ich erstarrte.

»Von der Arbeit«, sagte ich knapp und wollte mich bereits abwenden.

Sie stellte sich mir blitzschnell in den Weg und funkelte mich aus bösen Augen an. »Ich hab ge-sehen, wie du ihn ansiehst. Lass die Finger von ihm. Er gehört zu mir, dass das klar ist!«

Ich nickte stumm und ging an ihr vorbei.

Also hatte ich nun meine Bestätigung. Und diese tat alles andere als gut.

Kapitel 17

Zurück in der Ausstellung nahm ich mir fest vor, mir meinen Abend nicht ruinieren zu lassen. Sollte Nic doch machen, was er wollte. Ich war sowieso mit Mathis hier. Und mit diesem stand ich nun vor einer bunten Fotografie und betrachtete das Kunstwerk. Auch wenn es mir unglaublich schwerfiel, bemühte ich mich, nicht zu Nic und seiner Freundin zu sehen.

»Wirklich wunderschön!«, sagte ich mit Blick auf das Bild, welches einen majestätischen Wasserfall zeigte, der sich brausend in einen türkisfarbenen See ergoss.

Mathis berührte meinen Rücken und ich ließ ausnahmsweise den Kontakt zu. Und wenn es nur dazu diente, Nic zu zeigen, dass er dabei überhaupt nicht mitzureden hatte.

Wir gingen weiter und ein älterer Mann hielt uns auf. Mathis und er fingen an zu plaudern und da mich ihr Geplänkel über ein bekanntes Theaterstück, welches derzeit in Paris aufgeführt wurde, nicht sonderlich interessierte, entschuldigte ich mich und ging weiter.

»Was soll das?« Ich hörte sein Knurren in meinem

linken Ohr, drehte mich jedoch nicht zu ihm um.

»Das sollte ich dich fragen, Nic«, sagte ich bissig und meine Augen fixierten weiterhin das Bild vor mir.

»Das reicht«, sagte er und ergriff meinen Arm. Er zerrte mich durch den Raum und mein Herz klopfte wild vor Aufregung. Was sollte diese Szene nun?

»Lass mich los!«, keifte ich ihm leise entgegen, damit es nicht alle Gäste, vor allem nicht Mathis, hörten, und versuchte, ihm meinen Arm zu entziehen, was keinerlei Wirkung auf ihn hatte.

»Ich denk nicht mal dran.«

Er zog mich in einen kleinen Raum und schloss die Tür. Ich sah mich um, entdeckte aber in der Garderobe in der wir standen, außer einigen Jacken und Regenschirmen, keinerlei Fluchtmöglichkeit. Denn vor der einzigen Tür stand Nic. Schweratmend. Seine Miene zeigte keinen Funken Freude.

»Was hast du für ein Problem?«, schrie ich ihm entgegen, denn Angriff war die einzige Option, wenn Flucht ausschied.

»Dein Verhalten ist gerade mein Problem!«, schrie er zurück und ich biss mir trotzig auf die Unterlippe. »Du machst mich wirklich rasend! So sauer war ich vorher noch nie!«, sagte er mit immer noch erhobener Stimme, lief aber nun vor der Tür auf und ab, wie ein Tiger in einem zu engen Käfig.

»Dito! Du hast wohl nicht damit gerechnet, dass ich heute auch hier sein würde, was?«, konterte ich.

»Vor allem nicht mit Mathis!«

»Er ist mein Chef! Aber du brauchst mir überhaupt keine Standpauke zu halten! Die habe ich nämlich schon von deiner Freundin erhalten!«

Er blieb stehen und sah mich fragend an. »Wie meinst du das?«

»Na, die Brünette, die an deinem Arm klebt wie festgewachsen!«

Sein Mund zuckte und er fing auf einmal an, schallend zu lachen. Ich fand es weiterhin nicht sehr witzig und presste fest meinen Mund zusammen.

»Sie ist nicht meine Freundin! Aber jetzt wird mir so einiges klar ...«, sagte er und sah mich amüsiert an.

Er trat vor mich und legte seine Hände an meine Hüften. Ich versuchte, sie abzuschütteln, aber er griff nur fester zu und ich ergab mich meinem Schicksal.

»Sie ist nur *eine* Freundin, nicht *meine* Freundin. Catherine ist Model, sie arbeitet für Fotografen und ich vermittel ihr Jobs mit der Agentur. Wir sind schon jahrelang befreundet.«

Ich schnaubte, hatte weiterhin meine Arme vor der Brust verschränkt, während seine Daumen über meine Hüften streichelten.

»Model. Jetzt ist sie auch noch Model, war ja klar. Ihr Männer seid doch alle gleich.« Er konnte mir doch alles erzählen! Aber würde er dann riskieren, dass sie uns hier erwischte?

Er führte eine Hand hinter meinen Rücken, hielt sie kurz oberhalb meines Pos und seine Finger tanzten sachte über den Stoff meines Kleides. Mit seiner anderen schob er mein Kinn nach oben und sah mir eindringlich in die Augen.

»Ich nicht.« Sein raues Flüstern ließ mich erbeben. »Glaub mir. Ich kann kaum meinen Blick von dir abwenden, in diesem engen, extrem kurzen Kleid.«

Wie zur Bestätigung löste er seine Hand unter meinem Kinn und strich damit langsam an meinem Oberkörper nach unten bis zu meinem nackten Oberschenkel. Ich stolperte rückwärts, während er mich zur nächsten Wand dirigierte und mich wie in der Gasse eng dagegen drückte.

Die Härte der Wand presste sich von hinten an meinen Rücken, und die Härte seiner aufkommen Erektion von vorne gegen meine Scham. So sehr hatte ich gehofft, dass er mich wollte. Gehofft, dass ich noch eine Chance erhalten konnte, unsere Nacht zu wiederholen, und nun war diese Möglichkeit in greifbare Nähe gerückt.

»Glaubst du mir?«, wisperte er und ich brachte nur ein einziges Nicken zustande. Ich wusste nicht woher, aber ich war mir sicher, dass er mich nicht belog.

Sein Brustkorb hob und senkte sich unter seiner schnellen Atmung, sein Duft vernebelte meine Sinne und seine Finger strichen mein Bein hinauf bis unter den Saum meines Kleides. Sachte streichelte er meinen Innenschenkel und ich spreizte meine Beine ein Stückchen weiter.

Er lächelte wissend. Als wäre dies die Bestätigung gewesen, die er gebraucht hatte, senkte er endlich seinen Kopf herab und unsere Lippen trafen aufeinander. Ich öffnete meinen Mund, seine Zunge drang ein und wir verloren uns komplett in unserem innigen Kuss.

»Ich hab gehofft, dich noch einmal küssen zu können«, flüsterte er rau, nachdem er sich von mir gelöst hatte. Er knabberte an meiner Unterlippe und ich wollte ihm sagen, dass er sogar noch mehr haben könnte, wenn er nur wollte. Seine Berührungen und Küsse brachten mich um den Verstand, und ich vergaß alles um uns herum. Es gab nur noch seinen Körper und meinen, der auf ihn instinktiv reagierte.

Seine Finger wanderten zu meiner Scham und schoben mein Höschen zur Seite. Meine Klit pochte vor Verlangen und Lust überfiel meinen Körper, während er mich wieder gierig küsste.

Mit den Händen hielt ich mich in seinem Nacken fest und er fing an, meinen Kitzler zart mit seinem Finger zu umspielen. Ich stöhnte und rieb mich hungrig an ihm, denn er setzte meinen gesamten Körper in lustvolle Flammen, die ich nicht mehr kontrollieren konnte.

»Es gefällt mir, wie sehr du auf mich reagierst, Chéri«, brummte er und setzte seine Küsse an meinem Hals fort. Ich unterdrückte ein lautes Stöhnen, während er endlich mit seinem Finger in mich eindrang.

In meinem vernebelten Hirn dachte ich nicht daran, dass jederzeit jemand reinkommen könnte und uns so erwischen würde. Ich hoffte nur darauf, dass die Wärme der Nacht zu hoch war, als dass die Leute Jacken trugen und eine Garderobe brauchten. Denn ich wusste nicht, ob ich ertragen könnte, wenn er jetzt aufhörte.

Er bewegte seinen Finger immer schneller und umkreiste mit seinem Daumen hart meine Perle.

Das warme Prickeln in meinem gesamten Körper bedeutete mir, dass der Höhepunkt nicht mehr sehr weit weg war. Kräftig krallte ich mich in sein breites Kreuz und klammerte mich an ihm fest.

In dem Moment, in dem er sich an meiner Schulter entlang küsste und ich seine Zähne an meinem Ohrläppchen spürte, gab es kein Zurück mehr, und der Orgasmus stürzte in Wellen über mich ein. Ich zitterte, fühlte, wie ich mich heftig um seinen Finger zusammenzog und er verschloss meinen Mund mit seinem, damit mein lautes Stöhnen nicht nach draußen drang.

Nachdem er mir Zeit gegeben hatte, mich zu beruhigen, umschlang er mein Gesicht mit seinen Händen und küsste mich leidenschaftlich.

»Ich hoffe, es ist jetzt wirklich alles geklärt«, sagte er und ich nickte stumm.

»Und ich fahre dich nachher heim.«

Ich schüttelte mit dem Kopf. »Nein, ich bin mit Mathis hier, also fahr ich auch mit ihm. Es wird nichts passieren, glaub mir!«, flehte ich ihn an und er seufzte.

»Du bist so stur ... Unter einer Bedingung!«

»Welche?«

»Wir sehen uns morgen.« Ich erwiderte sein triumphierendes Lächeln und nickte. »Ganz sicher.«

Wir küssten uns ein letztes Mal. Bevor die Lust erneut in mir aufflammte, löste er sich von mir und wir gingen unauffällig hinaus, um den Schein zu wahren.

»Na dann, danke für den Abend, Mathis«, sagte ich und hatte bereits die Hand am Türgriff, um auszusteigen.

»Wollen wir nicht vielleicht noch etwas trinken gehen, du hast mir vorhin gar keine Antwort gegeben.«

Nachdem ich mit einigem Abstand zu Nic aus der Garderobe getreten war, klebte Mathis an mir wie eine Klette. Egal, was ich sagte, ich konnte ihn nicht mehr abschütteln und er machte mehr als einmal eine Andeutung in die Richtung, dass wir nach der Ausstellung unbedingt noch etwas unternehmen sollten.

Mehrfach spähte ich zu Nic, der uns mit mahlenden Kiefern beobachtete. Ich wusste, er würde Mathis sofort den Wind aus den Segeln nehmen, wenn ich ihn nur ließe, aber er riskierte damit sicherlich meinen Job.

Mit Genugtuung sah ich jedoch, dass sich Nic körperlich sehr weit von dieser Catherine entfernt hielt. Auch wenn ich an ihrer Miene ablesen konnte, dass sie das ganz und gar nicht gut fand. Wahrscheinlich wollte er seine Aussagen bestätigen und mein Vertrauen darin schüren, was ihm auch sehr gut gelang. Trotzdem brodelte es in mir, weil ich nicht an seiner Seite war.

Zu gerne hätte ich mit ihm die Bilder betrachtet und darüber philosophiert, anstatt mit Mathis, der seine ganz eigene Meinung von anderen Künstlern hatte. Von wegen bodenständig. Die meiste Zeit lästerte er über Lichteinfall oder alles andere, was ihm einfiel. Obwohl ich die Fotografien wirklich wunderschön fand.

Auf der Ausstellung verabschiedeten Nic und ich uns förmlich, um keinen Verdacht aufkommen zu lassen. Und nun, vor meiner Haustür, konnte ich es kaum erwarten, endlich in meine Wohnung zu kommen und nachzusehen, ob er mir eine Nachricht geschrieben hatte.

»Tut mir leid, ich bin sehr müde und morgen müssen wir auch wieder früh raus.«

Mathis ließ seine Schultern sinken. »Na gut, dann bis morgen.«

Anscheinend hatte er gemerkt, mich nicht umstimmen zu können, nachdem er es die ganze Autofahrt über versucht hatte. Bevor er doch noch irgendeinen Versuch starten konnte, stieg ich aus der Limousine und stellte mich auf den Bürgersteig, um ihm zum Abschied zu winken. Glücklicherweise setzte sich das Auto direkt in Bewegung und fuhr davon.

Ich kramte in meiner Tasche nach dem Hausschlüssel, ging hinüber zur roten Eingangstür und erstarrte in der Bewegung, nachdem ich meinen Kopf gehoben hatte.

Ich riss meine Augen auf und stotterte fast panisch: »Woher weißt du, wo ich bin?«

»Ich hab dich vermisst, Paula.« Dennis hatte sich an die Hauswand gelehnt und trat nun auf mich zu. Ich stolperte schnell einen Schritt zurück, um ihm auszuweichen.

»Das hat meine Frage nicht beantwortet. Woher?«, fragte ich erneut und hielt verkrampft den Schlüssel zwischen den Fingern. Das konnte jetzt nicht wirklich sein Ernst sein!

»Du hast nicht mehr geantwortet.«

»Richtig, weil es aus ist«, sagte ich eisern und lief um ihn herum weiter zur Haustür, nachdem ich mich von meinem Schock erholen konnte.

Er hielt mich am Arm fest und ich zog ihm diesen heftig weg. »Fass mich nicht an!«, fauchte ich und funkelte ihm wütend entgegen.

»Du hast es versaut, nicht ich!«, redete ich weiter und er sah betreten zu mir.

»Es tut mir leid.« Mehr hatte er nicht dazu zu sagen?

»Das hattest du bereits gesagt. Tut *mir* leid, dass

du einen Flug bezahlt hast, aber ich hab kein Interesse, weiterhin mit dir Kontakt zu haben. Lass es einfach, ein für allemal!«

Ich steckte den Schlüssel in das Schlüsselloch und wollte gerade umdrehen, als er sagte: »Deine Eltern haben mir gesagt, wo du bist.«

Ich stockte erneut. Diese miesen Verräter! Das hätte mir klar sein können. Mein Vater vergötterte ihn. Dennis war regelmäßig zum Golfen mitgekommen und hatte sehr viel Zeit darin investiert, die Geschäftspartner meines Vaters kennenzulernen. Sollte das der einzige Grund sein, weshalb er mich zurückwollte? Seine Karriere? Mein Vater war ein hohes Tier im Vorstand einer der Banken in Frankfurt und Dennis als Unternehmensberater wollte die ganz großen Fische an Land ziehen. Das hatte er sogar mehrmals betont, als wir noch zusammengewesen waren.

»Mir egal«, sagte ich und drehte den Schlüssel weiter im Schloss. Plötzlich spürte ich seine Hand um meinen Oberarm fassen und er drehte mich fast schmerzhaft zu sich um. Fest drückte er seinen Mund auf meinen und presste mich rücklings gegen die Haustür.

Ich stemmte meine Hände gegen seine Brust, aber er umklammerte mich viel zu fest und wehrte meine Versuche, ihn loszuwerden, ab. Seine

Zunge drückte gegen meine Lippen. Versuchte sich zwanghaft in meinen Mund zu schieben. Er hielt mit seinen Händen mein Gesicht fest. Ich war vollständig bewegungslos. Mein Herz raste. Panik stieg in mir auf. Ich konnte noch nicht einmal schreien, solange er mich so umklammert hielt.

Endlich ließ er mich abrupt los, aber nur weil ich mit meiner gesamten Kraft in seine Unterlippe biss.

»Au!«, schrie er und verzerrte schmerzhaft das Gesicht, tupfte sich mit seinen Fingern das Blut von seinem Mund. »Du Miststück!«

»Was fällt dir ein!«, schrie ich zurück.

Mein Herz zersprang in tausend Einzelteile, als ich hinter Dennis' Rücken die roten Rücklichter des schwarzen Audis erkannte und das Nummernschild zuordnen konnte. Nic. Wie hatte das wohl ausgesehen? Dennis hatte mich mit seinem breiten Körper vor der Tür komplett eingeklemmt. Es sah aus, als knutschte ich mit irgendeinem Typen, und das, obwohl wir uns auf der Ausstellung so nahe gekommen waren.

Verdammt!

»Du Arschloch!«, schrie ich nun Dennis mit meiner ganzen Wut an, die sich in mir aufgebaut hatte. »Du hast dich doch durch die Stadt gevögelt und ich war so dumm und hab dir deine Scheiße geglaubt! Die Zusammenarbeit mit meinem Vater kannst du dir in die Haare schmieren und sieh zu, dass du deinen widerlichen Fremdgeh-Arsch so schnell wie möglich aus dieser Stadt bewegst und mir diese nicht auch noch madig machst!« Ich atmete mit offenem Mund und es fehlt nicht mehr viel, dann wäre ich wie eine Furie über ihn hergefallen.

Er spuckte Blut auf den Boden und sah mich hasserfüllt an. »Du frigides Miststück, ich brauch dich sowieso nicht! Und deinen verdammten Vater auch nicht! Ich schaff es auch alleine, wirst schon sehen!«

Kopfschüttelnd drehte ich mich um, und schloss schnell die Tür auf, warf sie mit einem ohrenbetäubenden Knall von innen laut ins Schloss. Hastig rannte ich die Treppen hoch, nahm immer zwei Stufen auf einmal und ignorierte meine schmerzenden Füße und das viel zu enge Kleid dabei.

Ich schüttelte die Schuhe im Flur ab und lief in mein Schlafzimmer. Kramte mein Handy aus der Tasche und wählte Nics Nummer. Nervös lief ich in meinem Zimmer auf und ab. Es klingelte. Bis seine Mailbox ranging und ich drückte auf den roten Hörer.

Ich versuchte es erneut. Wieder nur die Mailbox.

Seufzend setzte ich mich auf den Rand meines Bettes und schrieb eine Nachricht.

Bitte geh ran, ich kann es dir erklären!

Ich starrte auf das Telefon in meiner Hand und schüttelte es. »Los, ruf an!«, schrie ich, als würde es dann auf mich hören.

Verfluchter Dennis! Dass er mir das jetzt auch noch versauen musste!

So wie die Dinge standen, musste ich wohl oder übel bis morgen warten, denn dann war Freitag und es stand eine weitere Besprechung mit allen für die nächste Woche an. In der Agentur konnte er mir nicht so leicht aus dem Weg gehen.

Mit einem schmerzenden Herzen und Tränen in den Augen ging ich ins Bad, um mich bettfertig zu machen, damit der morgige Tag schnell kam und ich dieses Missverständnis, welches uns nun getrennt hatte, aus der Welt schaffen konnte.

Kapitel 18

Ich stand im Aufzug, knabberte an meinem Daumennagel und war unglaublich nervös. Die Anspannung erhöhte sich weiter, als Chloé mich wieder in den Besprechungsraum führte. Ich begrüßte Mathis und das restliche Team, und musste meine Enttäuschung unterdrücken, als ich sah, dass Nic noch nicht da war.

Ich nahm, mit Blick auf die Tür, Platz und als sie sich öffnete, spannte mein Körper sich aufgeregt an. Angestrengt beobachtete ich sie, doch ein Mann mittleren Alters mit dunkelbraunem Haar, durch das sich bereits einige graue Strähnen zogen, betrat den Raum. Enttäuscht ließ ich meine Schultern sinken, denn ich hatte ihn noch nie gesehen, und wusste nicht, wer er war.

»Ah Monsieur Foyer!«, sagte Mathis, begrüßte den Mann mit Handschlag und beide setzten sich wieder.

Im Laufe des Gespräches stellte sich heraus, das Monsieur Foyer Nics Partner war und sie die Agentur gemeinsam betrieben. Nic hatte sich entschuldigt, weil ein schwieriger Kunde einen Termin verlangt hatte. Ich war mir jedoch fast zu hundert Prozent sicher, dass er das nur vorschob, um mich nicht sehen zu müssen.

Die Besprechung ging mehr oder weniger wie in einem weit entfernten Dunst an mir vorbei. Ich bekam kaum etwas mit, sondern dachte nur daran, wie ich am schnellsten zu Nic kommen könnte.

Nachdem endlich alles geklärt war und sich Mathis' Mitarbeiter und Monsieur Foyer verabschiedet hatten, stand ich mit ihm alleine auf dem Flur.

»Fahr ruhig schon, wir sehen uns am Montag. Ich muss nochmal kurz auf die Toilette.« Mit meinem Finger deutete ich Richtung Waschräume.

»Ich kann auch warten«, sagte Mathis erwartungsvoll.

Fast hätte ich genervt geseufzt. »Nein, brauchst du nicht, bis Montag!«

Glücklicherweise nickte er. »Okay, dann ein schönes Wochenende«, sagte er und ich bemühte mich um ein unechtes Lächeln.

Als die Aufzugstüren sich endlich hinter ihm schlossen, ging ich mit klopfendem Herzen zu Chloé, weil ich nicht wusste, wo Nic sein Büro hatte.

»Bonjour!« Ich lächelte sie nett an und sie hob stirnrunzelnd den Kopf.

»Wie kann ich Ihnen helfen?«, fragte sie mich und ratterte brav ihren Text als Empfangsdame herunter.

»Ich habe etwas mit Monsieur Roth zu besprechen. Ist er gerade verfügbar?«

Sie klickte in ihrem Computer herum, schüttelte daraufhin mit dem Kopf. »Nein, tut mir leid. Er hat gerade einen Termin.«

Ich war mir absolut sicher, dass sie log, denn ihr Auge zuckte einmal kurz und ich stützte mich auf dem Tresen ab. Egal was er ihr gesagt hatte, sie konnte ihre Fassade nicht die ganze Zeit aufrecht halten, da war ich mir sicher.

»Ich bin mir sicher, dass er einige Minuten erübrigen kann. Sagen Sie mir einfach nur, wo sein Büro ist, und ich gehe direkt hin. Monsieur le Losquet hat es mir persönlich aufgetragen, dieses Thema schnellstmöglichst mit ihm zu klären! Montag müssen wir unsere Arbeit aufnehmen und bis dahin, sollte doch alles vorbereitet sein. Sie wissen ja, es gibt einige Agenturen in Paris, die sich über einen Kunden wie Monsieur le Losquet freuen würden.« Ich wusste selbst nicht, woher ich meinen Mut und diese Lüge nahm, ich wusste nur, dass ich Nic sprechen musste. Koste es, was es wolle.

Sie schüttelte energisch mit dem Kopf. »Ich sagte doch, Monsieur Roth hat einen Termin! Auf gar keinen Fall können Sie jetzt zu ihm.«

Ich seufzte, denn sie war eine härtere Nuss, als ich angenommen hatte. Mit meinen Händen stieß ich mich vom Tresen ab und schlug theatralisch mit der Hand gegen meine Stirn. »Ach, ich hab mein Handy im Besprechungsraum vergessen, ich geh es mal eben schnell holen!«

Ich stürzte wieder in den Flur, bevor Chloé sich von ihrem Stuhl erheben konnte und ging zügig suchend die Türschilder entlang.

Nicolas Roth

Ha! Gefunden! Ganz am Ende des Ganges stieß ich endlich darauf. Ich drückte die Klinke nach unten, schlüpfte in den Raum und schloss hastig die Tür wieder hinter mir. Nic saß hinter einem breiten Schreibtisch aus dunklem Holz, darauf verteilt haufenweise Stapel von Papieren, und hob überrascht den Kopf. Er war glücklicherweise alleine, was meine Vermutung bestätigte, dass er keinen wirklichen Termin hatte. In seinem Rücken befand sich eine breite Fensterfront, die den direkten Blick über die Stadt und auf den Eiffelturm freigab.

»Schönes Büro«, sagte ich und lächelte ihn an.

»Was willst du hier?«, knurrte er und ich ging noch einen Schritt auf seinen Schreibtisch zu. Sein Körper spannte sich an und er blickte mir weiterhin eisern entgegen.

»Wegen gestern ...«

»Ist schon klar. Du hältst mir eine Standpauke, bist aber selbst noch viel schlimmer. Ich hab gesehen, wie der Typ die Zunge in deinem Hals hatte und wie du dich an ihm festgehalten hast.«

»Nein!«, flehte ich. »Das war mein Exfreund. Er ist mir nachgereist, weil er versucht hat mich zurückzubekommen.«

»Und das hat er anscheinend auch geschafft«, knurrte er.

»Schwachsinn! Er hat mich total überrumpelt!«

Nic stand auf und ich biss mir angespannt auf die Unterlippe. Er umrundete den Tisch und kam auf mich zu. Erwartungsvoll streckte ich mich ihm entgegen, weil ich hoffte, er glaubte mir. Aber anstatt mich zu umarmen oder zu küssen, wie ich es mir gewünscht hatte, drehte er mich herum und schob mich einfach aus dem Raum.

Hinter mir knallte die Tür zu und ich zuckte erschrocken zusammen.

So schnell konnte das Blatt sich also wenden.

Frustriert saß ich in unserer kleinen WG-Küche und starrte auf das Weinglas in meiner Hand. Nachdem ich mehrfach gegen seine Tür geklopft hatte, beförderte mich Chloé unsanft nach draußen. Auch auf meine Anrufe oder Nachrichten reagierte er nicht. Ich erkannte, wenn ich verloren hatte und musste mich wohl oder übel damit abfinden.

Allerdings nahm es mich mehr mit, als ich mir eingestehen wollte. Ich setzte das Glas an meine Lippen und leerte es in einem Zug. Vor einigen Minuten hatte ich mir bereits telefonischen Beistand von Emma geholt, die mir versuchte einzureden, dass ich nicht einfach aufgeben sollte. Aber sein eisiger Blick hatte sich tief in mein Gedächtnis gebrannt.

Die Wohnungstür fiel ins Schloss und Schritte näherten sich mir über den Flur.

»Hi! Was ist denn mit dir los?« Ich hob meinen Kopf und sah Jill traurig an.

Sie setzte sich zu mir und ich erzählte ihr die ganze Geschichte.

»Scheiß Männer«, zog sie die Moral daraus und ich war froh, nicht ganz alleine hier zu sein, sondern jemanden zu haben, dem ich mich anvertrauen konnte. »Ich hab die perfekte Ablenkung! Wir haben heut Abend einen Auftritt. Du kannst mitkommen.«

Ich füllte erneut mein Glas randvoll mit Weißwein. Wieso eigentlich nicht? Es würde mir sicherlich guttun, an etwas anderes zu denken. »Gerne!«

In meinem Kopf drehte es sich schon wieder leicht und eine Stimme schrie mir laut darin zu, langsam zu machen, wenn ich nicht wieder im Bett irgendeines Typen laden wollte. Und die Lust auf einen One-Night-Stand war mir nach Nic gründlich vergangen. Mal davon abgesehen, dass ich auch vorher nicht der Typ dafür gewesen war und meine Vorlieben sicherlich auch jetzt nicht ändern würde.

Ich zog mir eine enge schwarze Jeans und ein schwarzes Tanktop aus dem Schrank, weil ich dachte, damit am wenigsten aufzufallen. Besser zumindest, als mein rosafarbener Faltenrock, mit dem ich garantiert der Star des Abends gewesen wäre.

Arthur holte uns mit seinem alten dunkelgrünen Jeep ab und wir trafen Theo und Ethan vor der Tür. Theo grinste mich wieder verschmitzt an, und ich erwiderte es. Wenigstens einer, der sich noch für mich interessierte.

Blöd nur, dass ich ihn nicht wollte. Ganz und gar nicht.

Wir betraten die Bar, die größer war, als es von außen den Anschein hatte.

Auf der linken Seite zog sich eine lange Theke, bis zu der Bühne, die am Ende des Raumes die gesamte parallele Wand einnahm. Hinter dem

Tresen standen mehrere Barkeeperinnen, tief dekolletiert und äußerst üppig.

Es spielte bereits eine Band und ich musste anerkennen, dass die Musik mir wirklich gefiel. Insgesamt fühlte ich mich nicht unwohl, ganz anders, als ich es mir unter dem Namen der Rockkneipe *Death Hellhounds* vorgestellt hatte.

»Wir müssen hinter die Bühne, du kannst dir was zu trinken holen, sag einfach du bist mit uns hier, dann musst du nichts bezahlen!«, schrie mir Jill über die Musik hinweg zu. Wir verabschiedeten uns für den Moment und ich schlängelte mich durch die dichte Menschenmenge zur Bar.

Dort angekommen bestellte ich mir bei einer Schwarzhaarigen mit knallrotem, vollem Lippenstiftmund einen Biermix.

Ich lehnte mich an die Theke und sah durch die Menge. Die Masse bewegte sich im Beat der Band, bis diese sich nach einigen Minuten verabschiedete und die *Skirt Roar* den Raum betraten. Die Menge jubelte laut, pfiff und grölte, und ich freute mich für Jill und die anderen, dass sie sich bereits eine Fangemeinde aufgebaut hatten.

Jills raue Stimme klang durch das Mikrofon und mich packte eine Gänsehaut. Wow! Ich hatte mir vorgestellt, dass sie natürlich singen konnte, aber dass ihre Stimme sich so melodisch und eingängig anhörte, damit hatte ich nicht gerechnet. Bei ihren Proben, die sie in Arthurs Keller abhielten, hatte ich sie bisher nicht besucht, deshalb war es eine absolute Überraschung für mich, sie nun zu hören. Die ersten Lieder waren langsam und ich genoss die Atmosphäre. Ich hielt mich an der Bierflasche in meiner Hand fest, um das Gefühl des Alleinseins zu überspielen und mich beschäftigen zu können. War die Flasche leer, bestellte ich direkt eine Weitere und hatte nun eindeutig mein heutiges Limit erreicht. Es war nicht so, dass ich sturzbetrunken war, nur locker. Vielleicht etwas zu sehr.

Die Musik wurde auf einmal schneller, die Menschen jubelten und ich ließ mich einfach mitreißen, stellte meine Flasche auf der Theke ab und drückte mich direkt in die Mitte.

Ich spürte Ellenbogen, Hände, Beine und jemand stand mir mehr als einmal auf den Füßen. Ich roch Schweiß und Bier, aber es war mir egal. Ich schloss die Augen und ließ mich treiben, tanzte, bis mir die Schweißperlen den Rücken herunterliefen und ich kaum noch in der stickigen Luft atmen konnte. Nach einiger Zeit brauchte ich unbedingt Frischluft, um nicht zu ersticken, also drängelte ich mich zum Ausgang.

Ich öffnete die schwere Metalltür, ging am glatzköpfigen Türsteher vorbei und trat ins Freie, etwas abseits neben dem Eingang.

Die kühle Luft tat direkt ihr Übriges auf meiner heißen, nassen Haut und ich schlang meine Arme um den Oberkörper, weil es mich auf einmal fröstelte.

Was würde ich jetzt dafür tun, wenn Nic hier sein könnte und mit mir gemeinsam heute Abend tanzen, lachen und der Band zuhören würde.

Plötzlich packte mich erneut eine extreme Wut! Was dachte er sich denn dabei, mir nicht mal zuzuhören! War das für ihn alles doch nur ein Spiel?

Ich kramte mein Handy aus meiner kleinen Umhängetasche und durchsuchte es, bis ich endlich seine Nummer fand.

Es klingelte. Einmal. Zweimal. Dreimal, bis die Mailbox dran ging und ich seufzte.

»Weiß du was, du .... du Dumpfbacke! Dann geh halt nicht dran und hör dir an, was ich zu sagen habe, denn anscheinend kann ich dir nicht so viel bedeuten, als dass du es hören wolltest. Tschüss!«

Und bevor ich aufgelegen konnte, schob ich noch ein schnelles: »Hier ist übrigens Paula!«, hinterher und stampfte trotzig mit dem Fuß auf den Boden.

Vielleicht vergnügte er sich ja gerade mit seinem Model und hatte alle Hände voll zu tun. Durch diesen Gedanken wurde ich noch wütender und wählte seine Nummer erneut. »Dann sag ich es dir eben doch. Dennis ist mein Exfreund. EX! Er hat mich nur benutzt und wollte an meinen Vater ran. Also ... nicht so wie es sich jetzt anhört, weil ... ach egal! Auf jeden Fall hat er mich geküsst und ich hab ihm dafür in die Lippe gebissen.« Ein langgezogenes Piiiieeeeep bedeutete mir, dass das Zeitlimit der Mailboxansage ausgeschöpft war. Ich stöhnte genervt auf und drückte die Wahlwiederholung. »Er hat mich betrogen. Ja, jetzt ist es raus! Er hatte eine Andere, weil ich ihm anscheinend zu langweilig war und hat sie zuhause in seinem Bett gevögelt! Und deshalb würde ich ihn unter keinen Umständen, egal aus welchen Gründen, zurücknehmen. Außerdem denke ich seit unserem Abend nur an dich.« Ich hob meine Hand an meinen Mund, als ob ich die eben gesagten Worte wieder zurückschieben konnte, und drückte schnell auf den roten Hörer, bevor ich noch etwas anderes Dummes sagen konnte, denn das hatte ich bereits zur Genüge.

Ich starrte geistesabwesend über den Parkplatz vor mir und plötzlich vibrierte es in meiner Hand. Erschrocken schaute ich auf das Display. Nic. Ohgottohgottohgott, was machte ich denn nun?

Kapitel 19

Ich räusperte mich und ging mit einem betont lässig gehauchten: »Hallo?«, dran, was sich wohl eher anhörte wie eine ziemlich schlechte Version einer Telefonsexhotlinestimme.

»Paula?« Mein Herz raste und blieb danach fast stehen.

»Hallo Nic.«

»Wo bist du?« Im Hintergrund war wahrscheinlich die Musik von drinnen dumpf zu hören und einige Menschen kicherten, lachten und schrien vor der Tür und auf dem Parkplatz.

»Im *Death Hellhounds*.«

»Was machst du denn da?«, fragte er geschockt.

»Meine Mitbewohnerin Jill hat hier heute einen Auftritt.« Er brummte.

»Hast du getrunken?«

Ich stöhnte genervt. So schlimm lallte ich nun auch nicht!

»Nein?«, versuchte ich, es überzeugend rüberzubringen.

Ich hörte ein Schnauben. »Wieso lügst du mich an?«

»Tu ich nicht!« Jetzt klang er fast schon wie Max!

Mit einem »Bleib, wo du bist!«, legte er einfach auf und ich sah fassungslos auf das Telefon. Was sollte das denn bedeuten? Wollte er herkommen? Sollte ich mich freuen, oder eher Angst haben, weil er es anscheinend nicht leiden konnte, wenn ich etwas trank. Oder dachte er, ich könnte sonst über die Typen hier herfallen, wie über ihn? Dass, nachdem er überhaupt keinen Kontakt mehr mit mir haben wollte?

Wie er sich benahm, verwirrte und nervte mich gleichzeitig. Ich steckte mein Handy wieder in die Tasche und ging zurück zur Eingangstür.

Wenn er sowieso gleich hier sein würde, was ich schon irgendwie hoffte, könnte ich mir auch noch einen Drink gönnen, denn er war sicherlich nicht mein Wachhund. Das durfte ihm sofort klar werden!

Ich drängelte mich zurück zur Bar und bestellte ein weiteres Bier. Ein Blick zur Bühne sagte mir, dass die *Skirt Roar* bereits aufgehört hatten, zu spielen und die Musik nun vom Band eines DJs kam.

»Da bist du ja!« Jill kam freudestrahlend auf mich zu und ich umarmte sie.

»Ihr wart so gut! Ich konnte kaum aufhören zu tanzen, musste aber mal kurz Luft schnappen.«

Die anderen tauchten hinter ihr auf und Theo

legte mir locker seinen Arm auf die Schultern. Ich leckte mir nervös über die Lippen und wusste nicht so recht, wie ich mit seiner weiterhin offensiven Art umgehen sollte.

Jill räusperte sich laut. »Theo!«

Er stöhnte genervt, verdrehte die Augen und zog glücklicherweise seinen Arm wieder zurück. Erleichtert löste sich die Anspannung aus meinem Körper.

»Komm, wir haben da hinten eine Sitzgruppe reserviert.« Sie zeigte auf die gegenüberliegende Seite.

»Ich geh nochmal vorher aufs Klo. Komme sofort zu euch.«

Jill nickte und kämpfte sich mit Arthur und Ethan durch die Menge. Ich sah nach rechts zu Theo.

»Willst du nicht mit ihnen gehen?«, fragte ich ihn mit zusammengezogenen Augenbrauen. Er zuckte mit den Schultern. »Gleich. Ich dachte, ich pass erst noch auf dich auf.« Er ging noch einen Schritt auf mich zu und ich spürte das unangenehme Gefühl, welches seine Nähe verursachte.

Ich sah auf den Boden. Wie sagte man es denn charmant, aber eindeutig, dass man kein Interesse hatte? Wäre nur Emma hier! Sie wüsste genau, was zu tun wäre, denn sie hatte mich schon das ein oder andere Mal aus so einer Lage befreit.

Ein besonders hartnäckiger Typ hatte mich einmal in einer Disco beim Getränkeholen angesprochen. Emma war mir zur Rettung geeilt, und hatte laut gesagt, »Oh, kein Ring am Finger! Schnapp ihn dir!« Mit einem eindeutigen Blick und gesenkter Stimme vor vorgehaltener Hand hatte sie zu ihm geflüstert: »Wird bald dreißig, du verstehst?«

Der Typ war so schnell abgehauen, dass er fast Staubwolken hinter sich herzog und wir lachten, bis uns der Bauch wehtat.

Und jetzt? Mittlerweile war ich wohl alt genug, um so etwas selbst zu regeln.

»Theo, hör zu …«

Eine Hand legte sich an meine Taille und eine Gänsehaut überzog meinen Nacken, als ich Nics Anwesenheit hinter mir spürte, noch bevor ich ihn sah und er mir einen Kuss auf den Hals drückte.

»Hallo Chéri.« Sein Raunen schoss direkt in meinen Unterleib und ich sah, wie Theo große Augen machte.

»Ich wusste nicht, dass du … also …«, stotterte er und ich lächelte ihn leicht an.

»Kein Problem.«

»Ich geh mal zu den anderen.« Theo drehte sich um, und verschwand in der Menge. Fast im gleichen Moment löste sich Nic von mir und ich musste mir ein frustriertes Wimmern unterdrücken.

»Dich kann man auch nie alleine lassen«, sagte er vorwurfsvoll und rieb sich mit Daumen und Zeigefinger die Nasenwurzel.

»Hättest du mich vorhin angehört, hättest du das auch nicht müssen«, entgegnete ich ihm bissig und wandte den Blick von ihm ab.

Er seufzte und schlang seine Arme um meine Hüften. Als er mich zu sich zog, prickelte der Druck seiner Berührung durch den Stoff meines Tops auf meiner Haut und ich wusste, er hatte mich direkt wieder in seinen Bann gezogen.

»Es tut mir leid. Ich hab vielleicht ein kleines Bisschen überreagiert.« Er sah mir tief in die Augen und ich erkannte ein Schmunzeln auf seinen Lippen.

»Ein bisschen?«, fragte ich mit hochgezogener Braue, musste aber selbst das Grinsen stark unterdrücken, weil ich einfach nur froh war und es kaum fassen konnte, dass er hier bei mir war.

»Ich weiß selbst nicht weshalb, aber ich reagiere auf alles, was mit dir zu tun hat, äußerst über.«

Mein Herz hämmerte wild und die Schmetterlinge nahmen wieder ihren Dienst auf. Er mochte mich, eindeutig! Endlich!

Er senkte den Kopf und ich spürte seine Lippen an meinem Ohr. »Und ich denke ebenfalls seit unserem Abend nur an dich.« Sein Raunen verursachte mir eine Gänsehaut. Er machte mich fast verrückt, weil er anfing, von meinem Ohr über meinen Hals zu küssen.

Ich legte meine Hände auf seine breiten Oberarme und fuhr mit den Fingernägeln über die Haut, die unter seinem dunklen T-Shirt blitzten. Ohne Anzug mit Jeans und Shirt, gefiel er mir fast noch besser, weil seine muskulösen Arme und sein breites Kreuz wunderbar zur Geltung kamen.

Die Härchen auf seinem Arm stellten sich auf und es machte mich noch heißer, dass er so auf mich reagierte.

Er zog den Kopf zurück und sah mir wieder tief in die Augen. Ich vergaß Zeit und Raum, dass dutzende von Menschen um uns herum waren und wir inmitten einer überfüllten Kneipe standen.

Ich streckte mich ihm leicht entgegen und er zog mich noch enger an sich. Endlich berührten sich unsere Lippen, und unser Kuss schmeckte unglaublich gut, konnte aber nicht den Hunger stillen, den er in mir weckte.

Sein weicher, fester Mund wurde gieriger und ich drückte mich noch enger an ihn, wandte mich erregt in seiner Umklammerung.

Unsere Zungen umspielten sich, tanzten und massierten sich. Seine rechte Hand löste sich von meiner Taille und legte sich um meinen Hinterkopf, damit er mich noch näher an sich ziehen konnte. Unsere Atmung vermischte sich und Verlangen breitete sich kribbelnd in meinem Unterleib aus, der gegen die deutliche Beule in seiner Jeans drückte.

Nur er hatte mir bisher so eine unglaubliche Lust verschafft, dass ich fast körperliche Schmerzen erlitt, wenn ich diesem Gefühl nicht nachgeben konnte.

Viel zu schnell löste er sich von mir und sah mich an.

»Sollen wir gehen?«, fragte er rau und ich nickte.

»Ich muss nur den anderen noch tschüss sagen.«

Er hob den Kopf und sah sich im Raum um. Ich deutete auf die Sitzlounge am anderen Ende, er umgriff meine Hand und ging in die angezeigte Richtung. Hinter seinem breiten Kreuz und den starken Armen schirmte er mich von der dichten Masse ab und der feste Druck seiner Finger signalisierte mir absolute Sicherheit.

Wir blieben vor dem Tisch stehen und Jill schaute zufrieden grinsend zu uns hoch.

»Das ist wohl Nic.« Sagte sie, mehr als trockene Feststellung, und ich nickte, sicherlich mit einem dümmlichen Grinsen auf den Lippen.

Er streckte ihr die Hand hin und stellte sich selbst

vor, bevor er auch die anderen ebenfalls mit einem Händedruck begrüßte. Sogar Theo, aber nicht, ohne ihm noch einen letzten warnenden Blick zuzuwerfen, der selbst mir einen eisigen Schauer verursachte.

»Wir gehen. Ich muss morgen früh raus«, sagte ich.

»Klar, geht nur«, sagte Jill. Nic hatte sich bereits wieder umgedreht. Hinter seinem Rücken nickte sie mir aufmunternd zu und streckte zwinkernd ihren linken Daumen in die Höhe. Ich lachte und ließ mich von Nic sanft hinterherziehen.

Draußen angekommen dirigierte er mich zu seinem Auto und ich setzte mich erleichtert ausatmend auf den bequemen Ledersitz.

Er stieg auf der Fahrerseite ein und legte seine Hand auf mein Knie.

»Ist jetzt alles geklärt, oder muss ich Angst haben, dass nächste Woche noch irgendein Typ auftaucht und dich mir wegnehmen will?«

Er sagte das so beiläufig und selbstverständlich, dass ich erneut grinsen musste.

»Man kann nur etwas weggenommen bekommen, was einem gehört«, stellte ich fest.

Mit einem brummenden »Eben«, startete er den Motor und mein Herz machte einen Salto mortale in meiner Brust.

Kapitel 20

Langsam schlug ich meine Augen auf. Die Hitze, die mich umgab, hatte mich aus meinem Schlaf gerissen und die Decke über mir klebte schweißnass an meinem Körper.

Aber nicht nur diese lag schwer über mir, sondern auch ein breiter, männerlicher Arm, der sich um meine Taille und meinen Bauch geschlungen hatte.

In meinem Ohr hörte ich einen gleichmäßigen Atem und spürte an meiner Rückseite Nics Körper, dicht an mich gepresst.

Es fühlte sich gut an, neben ihm aufzuwachen, und wir passten so perfekt ineinander, dass ich mir nicht vorstellen konnte, jemals mehr anders zu schlafen. Bis auf diese Hitze!

Aber, Moment. Wir hatten doch nicht? Schon wieder, ohne, dass ich eine komplette Erinnerung daran hatte? Oh nein, Paula und der Alkohol! Ich sollte dieses Kapitel definitiv aus meinem Leben streichen.

»Schlaf noch«, brummte er an meinem Ohr und ich spannte sofort meinen Körper an, weil ich wohl bei meinen Gedanken herumgezappelt und ihn dadurch geweckt hatte.

»Nic, wie kommen wir so in mein Bett?«, fragte ich und traute mich nicht den Kopf zu drehen. Er lachte leise.

»Du bist gestern in meinem Auto eingeschlafen und ich habe dich ins Bett gebracht. Und da du wieder etwas zu viel getrunken hast, ich mir Sorgen gemacht habe und außerdem müde war, dachte ich, es wäre eine gute Idee, mich dazuzulegen.«

Ich sah an mir herunter und konnte erleichtert feststellen, dass ich ein Shirt und Unterwäsche trug. Also musste an seiner Geschichte etwas dran sein. Wir hatten nicht miteinander geschlafen und ich es wieder vergessen.

Erleichtert atmete ich aus.

Sein Arm drehte mich auf den Rücken und er lehnte sich über mich.

»Morgen«, raunte er und gab mir einen Kuss auf die Lippen. Mein Herz raste.

»Morgen«, lächelte ich ihm entgegen.

»Da wir jetzt ohnehin wach sind, könnten wir die Zeit doch anderweitig nutzen, oder?«, raunte er verführerisch heiser vom Schlaf.

Ich zog die Augenbrauen mit einem Schmunzeln nach oben und sah ihn fragend an: »Und das wäre?«

»Frühstück natürlich, du ungezogenes Ding.« Herausfordernd grinste er mich an und ich schlang meine Arme um seinen Nacken und zog ihn zu mir.

»Mir fällt da etwas Besseres ein«, sagte ich dicht vor seinen Lippen.

Unser Kuss weckte meinen Körper und Geist mit einem Schlag, der nur noch an ihn denken konnte, seit ich ihn das erste Mal gesehen hatte. Er stützte sich mit seinen Händen neben meinem Kopf ab und rutschte mit dem Oberkörper über mich. Unsere Zungen umspielten sich und ich streichelte seinen Nacken.

Ich stöhnte auf vor Lust und zog ihn noch enger zu mir, wanderte mit meinen Fingern über seinen nackten Oberkörper und fuhr die Konturen seiner Rückenmuskulatur nach, während er seine Hand auf die Wanderschaft zu meinem Oberschenkel schickte und eine heiße Spur hinterließ. Er streichelte zärtlich am Bund meines Höschens entlang und ich spannte mich an, weil ich hoffte, er würde meine pochende Scham endlich erlösen.

Leider tat er das genaue Gegenteil, er zog seinen Kopf und seine Hände zurück und ich sah ihm fragend ins Gesicht.

»Komm heute Abend zu mir, dann koch ich für dich.«

Verblüfft über diesen abrupten Wechsel nickte ich benommen.

»Kannst du denn kochen?« Ich grinste ihn schelmisch an.

»Ich kann alles, Chéri«, raunte er und küsste mich erneut hungrig.

›Dann zeig es mir, jetzt! Bevor ich explodiere!‹, schrie mir meine innere Stimme laut zu, aber bevor er endlich mein Verlangen stillen konnte, zog er sich schon wieder zurück. Frustriert seufzte ich auf. Er spielte mit mir oder wollte mich so rasend vor Lust machen, dass ich es mir auf keinen Fall mehr anders mit ihm überlegte. Clevere Taktik, denn schon jetzt konnte ich kaum erwarten, bis es endlich heute Abend war.

»Ich geh jetzt, dir geht es ja um Einiges besser, wie ich sehe.«

›Nein!‹, schrie es laut in meinem Kopf.

»Okay«, sagte ich gespielt locker.

Er drückte mir einen Kuss auf die Stirn und sprang aus dem Bett. Endlich konnte ich seinen Körper unverhohlen betrachten, während er seine Klamotten vom Boden fischte und in seine Jeans schlüpfte. Selbst wenn ich wollte, ich konnte meinen Blick nicht von seinen definierten Muskeln abwenden und er lächelte mir, wohl zufrieden wissend über meinen gierigen Ausdruck, zu. Sein

Bauch hatte bestimmt in seinem ganzen Leben kein einziges Stück Schokolade gesehen und ich zog die Decke etwas höher über meinen Körper, weil ich mich mit meinem lediglich zweimal in der Woche absolvierten Training absolut unsportlich fühlte. Er hörte auf, sich die Jeans zuzuknöpfen und kam auf mich zu, zog die Decke von meinem Körper herunter und beugte sich über mich.

»Du bist die heißeste Frau, die ich jemals zu Gesicht bekommen habe. Merk dir das!« Sein eindringlicher Blick brachte mich innerlich zum Schmelzen und ich musste verlegen lächeln.

Er zog sich sein Shirt über und reichte mir seine Hand, damit ich aufstand und ihn zur Tür begleitete.

An der Haustür angekommen, hob er mein Kinn mit seinem Finger an und gab mir einen zarten Kuss.

»Bis später, Chéri. Ich freue mich auf dich«, sein heiseres Raunen brachte mich um den Verstand.

»Bis später«, säuselte ich. Mit einem letzten Lächeln ging er hinaus und ich schloss die Tür hinter ihm.

Quietschend wie ein Meerschweinchen sprang ich im Flur auf und ab und freute mich, dass mein Liebesleben endlich eine Wendung in die richtige Richtung einschlug.

Ich hüpfte weiter in mein Zimmer und schmiss mich auf mein Bett.

So könnte das Leben immer laufen! Ich erinnerte mich an die Postkarten von Emma und Conni und zog das Päckchen aus meiner Schreibtischschublade.

Nachdem ich mich auf den Bürostuhl gesetzt hatte, begann ich zu schreiben. Über meine neue Freundin Jill, den abwechslungsreichen Job mit vielen interessanten Menschen und Orten, über die wunderbare Stadt Paris, die mir jeden Tag ein Stückchen mehr ans Herz wuchs.

Ich setzte den Stift bereits wieder an, weil ich ihnen ebenfalls über Nic berichten wollte und zögerte. Was sollte ich schreiben? Ein neuer Freund? Dafür war es noch ein bisschen zu früh.

Grinsend malte ich ein Herz mit einem Pfeil durch und zeichnete einige Schmetterlinge daneben, die leider eher wie dicke Fliegen aussahen. Aber ich war mir sicher, meine beiden Freundinnen würden den Wink schon verstehen.

Kapitel 21

Aufgeregt stand ich Samstagabend vor seiner dunkelblauen Eingangstür und mein Finger schwebte über dem Klingelknopf. Ich atmete tief ein, hielt die Luft an, und drückte darauf. Jetzt gab es kein Zurück mehr.

Unter meinen Arm hatte ich eine Rotweinflasche geklemmt, mit der anderen Hand strich ich mir das korallfarbene Sommerkleid zurecht. Der Rock war etwas ausgestellt und umschmeichelte meine Oberschenkel bis eine Handbreit über dem Knie. An meiner Hüfte und an meinem Oberkörper saß es eng, und betonte meine schlanke Taille und ganz ansehnliche Oberweite. Ich hatte ganz vergessen, dass ich dieses Kleid noch in meinem Schrank hatte. Im letzten Jahr war ich in Emmas Boutique darauf gestoßen und musste es einfach haben. Leider gab es bisher keine passende Gelegenheit, aber nun war endlich der große Tag.

Meine Haare trug ich offen und hatte sie mit Jills Hilfe mit ihrem Lockenstab zu sanften Wellen geformt. Auch beim Make-up half sie mir, glücklicherweise sehr dezent! Ich hatte schon Angst, sie verstümmelte mich mit ihrem viel zu dicken Kajalstift, aber den behielt sie zu meiner Erleichterung im Schminktäschchen.

Der Öffner wurde betätigt und ich drückte mit klopfendem Herzen die schwerere Eingangstür auf.

»Dritter Stock!«, hörte ich seine Rufe von oben und begann den Aufstieg.

Mir verschlug es den Atem und mein Herz stand kurz vor einem Infarkt. Diesmal nicht von den Treppen, sondern von dem Mann, der mir nun liebevoll lächelnd an der Wohnungstür entgegenblickte.

Er trug ein dunkelblaues Hemd, hatte die oberen beiden Knöpfe geöffnet und die Ärmel über seine kräftigen, sehnigen Unterarme nach oben geschoben.

Mit seiner Hand kratzte er sich über seinen Dreitagebart und ich spürte, dass auch er nervös zu sein schien.

Er kam mir entgegen, nahm mir die Weinflasche aus der Hand und zog mich mit der anderen Hand in seine Wohnung. Mit dem Fuß trat er die Tür schwungvoll zu und stellte mein Mitbringsel auf einer Kommode in seinem Flur ab.

Blitzschnell drückte er mich an sich und ich spürte seinen harten Körper dicht an meinen gepresst.

»Du siehst toll aus! Ich hab dich vermisst«, wisperte er, und bevor ich ihm eine Antwort geben konnte, lagen seine Lippen auf meinen. Ich schlang meine Arme um ihn und unser Kuss wurde leidenschaftlicher. Unsere Zungen tanzten gierig umeinander und mir war bis eben nicht bewusst gewesen, wie sehr ich mich den ganzen Tag über schon nach ihm verzehrt hatte.

Er löste sich von mir und nahm erneut meine Hand. Ich seufzte frustriert. Wenn er dieses Spiel öfter machen würde, könnte ich nicht garantieren, nicht einfach über ihn herzufallen.

»Komm, das Essen ist schon fertig.«

Er führte mich durch den Flur bis zu einem großen Durchgang mit Rundbogen, von dem aus ich sein Wohnzimmer sah. Die Wände waren aus hellbraunem und beigefarbenem Stein, die Möbelstücke wechselten sich von rustikal zu modern ab und mir gefiel sein Stil auf Anhieb.

Auf der linken Seite stand eine Couch und auf der rechten der Esstisch, auf dem bereits das Essen angerichtet war.

Er führte mich zu einem Platz, zog mir den Stuhl heran und ich setzte mich darauf.

»Ich hol noch schnell den Wein«, sagte er und verschwand wieder im Flur.

Vor mir auf dem Teller war ein lecker aussehendes Pastagericht mit Steinpilzen, darauf geriebener

Parmesan. Mir lief das Wasser im Mund zusammen. Nic kam zurück und schenkte uns Wein aus einer bereits geöffneten Flasche ein. Dann setzte er sich mir gegenüber, grinste mich an und hob sein Glas.

»Danke, dass du heute gekommen bist.«

»Danke für deine Einladung«, antwortete ich ein wenig schüchtern, hob ebenfalls mein Weinglas und wir nippten gleichzeitig an unseren Gläsern. Ich spürte, wie feucht meine Finger vor Aufregung waren und putzte sie unauffällig, bevor ich zum Besteck griff, an meinem Rock unter dem Tisch ab. Nach dem ersten Bissen schloss ich die Augen und stöhnte genießerisch. »Hm, sehr lecker! Mal ein Mann, der kochen kann.«

»Freut mich, dass es dir schmeckt. In meiner Familie kann eigentlich keiner so richtig kochen.« Er lächelte liebevoll, als er von ihnen sprach.

»Auch nicht deine Mama?«

»Grade die nicht!«, grinste er. »Das Einzige, was sie kann, ist einen bombastischen Käsekuchen! Alles andere ist entweder außen verbrannt und innen roh, oder absolut ungenießbar.« Ich stimmte in sein Lachen mit ein. Es gefiel mir, wie oft er lachte und wie zufrieden er zu sein schien.

»Aber da meine Eltern beide im Schichtdienst arbeiten, meine Mutter als Krankenschwester und mein Vater als Elektriker, gab es ohnehin immer nur schnelles Essen, aber das war okay. Ich hab deshalb nur früh mit dem Sport angefangen, um nicht ganz so aufzugehen.« Er nahm noch einen Bissen und fragte dann: »Und deine Eltern?«

Ich senkte meinen Blick auf den Teller. »Die haben das Kochen unseren Angestellten überlassen und sich ansonsten um ihr High Society-Leben gekümmert.«

Er sah mir mitfühlend entgegen. »Das tut mir leid.«

»Ach, muss es nicht. Ich hab doch Max. Und meine Freundinnen. Du würdest sie lieben, vor allem Emma!«

Ich erzählte ihm, wie ich sie kennengelernt hatte, dass sie eine superexklusive Boutique in Frankfurt hatte und dass er, falls er mal etwas für seine Schwester oder Mutter kaufen möchte, dort ganz bestimmt einen Freundschaftsrabatt erhält.

Ich legte meine Gabel beiseite und hielt mir den Bauch. »Köstlich, wirklich! Aber jetzt bin ich pappsatt.«

»Geh doch schon mal auf die Couch, da ist es gemütlicher, ich räum eben schnell ab.« Ich war begeistert, ein Mann, der kochen und aufräumen konnte. Ich wollte nie wieder aus diesem fabelhaften Traum aufwachen!

Er stand auf und umrundete den Tisch, nahm beide Teller in die Hand und verschwand in den Flur, wahrscheinlich in seine Küche.

Behäbig erhob ich mich, ging in Richtung des Wohnbereiches und blieb bei einer dunkelbraunen, rustikalen Holzkommode stehen, auf der eine Reihe von Bilderrahmen standen.

Ich spürte seine Anwesenheit in meinem Rücken, noch bevor ich ihn richtig gehört hatte und er zeigte an mir vorbei auf die Fotos.

»Das sind meine Eltern und das meine Schwester.« Sein Vater war ihm, bis auf die Augenfarbe, wie aus dem Gesicht geschnitten und seine Mutter strahlte mit den gleichen blauen Augen, wie er sie hatte, in die Kamera. Seine Schwester hatte sich dicht an seine Mutter geschmiegt und war mit ihren schwarzen langen Haaren wirklich sehr hübsch.

»Ihr seht sehr glücklich aus«, bemerkte ich und er schlang von hinten seine Arme um meinen Bauch.

»Ja, meine Familie ist toll. Ich würde sie dir gerne vorstellen.«

Mein Herz machte einen Satz. Bei Dennis hatte es ewig gedauert, bis ich endlich mal seinen Vater kennengelernt hatte, und dann war er noch genauso unfreundlich und verschlossen wie sein Sohn.

Aber Nic und seine Familie machten auf mich

einen ganz anderen Eindruck. Nett, herzlich und eigentlich genau das, was Max und ich uns früher sehnlichst gewünscht hatten.

»Gerne, ich würde mich sehr darüber freuen«, antwortete ich ihm und er zog mich herum und auf seine Couch.

Wir saßen eng nebeneinander und er legte seinen Arm auf die Rückenlehne hinter mir ab, genau wie in der Bar bei unserem ersten gemeinsamen Abend. Mein Körper begann zu kribbeln, als ich daran dachte.

»Und, willst du irgendwann zurück nach Frankfurt?«, fragte ich ihn und er zuckte mit den Schultern.

»Schon irgendwie. Paris ist schön, aber ich vermisse die Heimat. Andererseits habe ich mir hier die Agentur aufgebaut und betreue viele Kunden und Fotografen, die ich nicht einfach im Stich lassen kann.«

Natürlich, das verstand ich. Aber dann gab es, wenn es mit uns etwas werden sollte, nur eine Option. Ich musste hier unbedingt Fuß fassen und hierbleiben.

So weit weg von Max, Emma und Conni. Ich verdrängte schnell die Traurigkeit, die sich in meinen

Kopf schob.

»Wie kann es denn sein, dass so jemand wie du noch Single ist?«, versuchte ich, das Thema scherzhaft zu wechseln, aber gleichzeitig interessierte es mich auch brennend, wie er zum Thema 'ernsthafte Beziehung' stand, denn tief in mir wünschte ich mir das. Mit ihm.

»Ich arbeite enorm viel, da bleibt nicht viel Zeit, und bisher ist mir noch nicht die Richtige über den Weg gelaufen, für die es sich gelohnt hätte, etwas zurückzutreten.«

»Oh«, sagte ich knapp und konnte die Enttäuschung und den Kloß in meinem Hals kaum herunterschlucken.

Sein Arm rutschte langsam von der Rückenlehne auf meine Schulter. Eng zog er mich an sich und küsste meinen Hals bis zu meinem Ohr. »Bis jetzt«, flüsterte er mir zu. Eine Gänsehaut überzog meinen Körper und mein Herz machte einen Freudensprung.

Er wanderte mit seinem Mund hauchzart bis zu meinen Lippen und küsste mich. Erst ganz sanft, dann immer drängender, bis unsere Zungen sich wild umspielten. Nun konnte auch ich meine Finger nicht mehr bei mir behalten. Während seine Hand sich in meinem Haar vergrub, umschlang ich seinen Nacken und streckte mich ihm bereitwillig entgegen. Sein dunkles Raunen klang zwischen unseren Lippen und die Atmosphäre lud sich noch weiter auf.

Sein kräftiger Körper drückte mich nach unten und wir legten uns, immer noch küssend, der Länge nach auf die Couch. Seine Hand wanderte an meiner Seite hinab und kitzelte die nackte Haut meines Oberschenkels.

Ich konnte ein Stöhnen nicht unterdrücken, als seine Finger noch weiter nach oben wanderten, aber kurz vor meiner Scham innehielten. Meine Hand verkrampfte sich und meine Nägel bohrten sich in die Haut seines Rückens, unter seinem Hemd. Es war eindeutig immer noch zuviel Stoff an diesem Mann!

»Wenn du mich noch länger auf die Folter spannst, schreie ich«, wisperte ich an seinen Lippen und spürte sein leises Lachen.

»So gierig. Da steh ich drauf«, murmelte er und endlich bewegten sich seine Finger weiter zu meinem Höschen. Ich ließ meine Hände über seinen Rücken gleiten, drückte ihn noch enger an mich und rieb mich schamlos im Takt seiner Berührungen an der nackten Haut meiner hungrigen Mitte.

Nic zog seine Finger zurück, legte sich der Länge nach auf mich und ich spreizte die Beine, um ihm

Platz zu machen. Seine Härte drückte gegen meine Scham und unsere Atmung wurde zu einem Keuchen, während wir uns, immer noch bekleidet, hemmungslos aneinander rieben.

Seine Hand glitt nach oben zu meiner linken Brust, drückte meine aufgestellte Brustwarze durch den Spitzenstoff meines Kleides und ich stöhnte auf. Unter meinem lustverhangenen Blick sah ich, wie er mich beobachtete, während ich mich unter ihm wandte.

Meine Klit pulsierte und ich kam fast nur durch seine Berührungen und das Gefühl von seinem Körper auf mir, zum Höhepunkt.

»Komm«, sagte er atemlos, stand auf und half mir hinauf.

Händchenhaltend führte er mich über den Flur zu seinem Schlafzimmer, welches in den gleichen Farben wie sein Wohnzimmer gehalten war. Mein Herz wummerte aufgeregt. Endlich war es soweit! Endlich konnte ich ihn wieder spüren!

Ein breites Doppelbett mit grauer Bettwäsche nahm fast den gesamten Raum ein. Er drehte sich um, zog mich an sich, sodass meine Brust fest gegen seine prallte. Seine Zunge schob sich besitzergreifend in meinen Mund und ich erwiderte die Intensität seines wilden Kusses.

Ich wimmerte, als er sich von mir löste. Er umkreiste mich, küsste meinen Nacken und schob mit seinen Händen langsam den Reißverschluss meines Kleides nach unten. Raschelnd fiel es zu Boden und ich stand, nur in roséfarbene Wäsche gehüllt, vor ihm.

»Ich hab mir dich seit unserem ersten Treffen immer wieder nackt vorgestellt.«

Ich stöhnte allein durch seine Worte und durch die Empfindungen, die seine Finger und sein Mund mir bescherten. Weiter über meine Schulter küssend und leckend, kam er vor mir zum Stehen und griff hinter meinen Rücken, um meinen BH zu öffnen. Fast ehrfürchtig langsam zog er ihn mir von den Schultern und betrachtete mit dunklem Blick meine nackten Brüste, die sich ihm nun kribbelnd entgegenstreckten. Ich fühlte mich so begehrt wie noch nie und wurde durch die Bestätigung, die er mir gab, zusehends mutiger.

Mit einem begierigen Blick in seine vor Lust verschleierten blauen Augen begann ich quälend langsam, sein Hemd aufzuknöpfen und es ihm abzustreifen, obwohl ich es ihm lieber in einem Ratsch von der breiten Brust gerissen hätte. Aber ich hatte mich so lange nach diesem erneuten Moment gesehnt, dass ich jede Sekunde davon auskosten wollte.

Mit zittrigen Fingern tastete ich mich zu seiner

Jeans vor und öffnete die gesamte Knopfleiste. Wir lösten unsere Blicke nicht voneinander, selbst als ich ihm seine Hose mitsamt der Boxershorts über seine breiten Oberschenkel nach unten schob und dabei vor ihm in die Hocke ging.

Ich blickte ihn durch meine Wimpern von unten an, umfasste seine pralle Erektion mit meinen Händen und führte sie an meine Lippen. Kurz bevor meine Zunge auf seine Haut traf und seine Eichel umrundete, leckte er sich über die Lippen und schluckte hart.

Ich schob ihn tief in meinen Mund, hörte, wie er zischend die Luft einsaugte, als ich ihn weit in meinem Rachen spürte.

»Du weißt gar nicht, wie scharf das von hier aussieht«, wisperte er. Seine Hände umfassten sanft meinen Hinterkopf und ich spürte, wie sich sein gesamter Körper anspannte, während ich mich ganz ihm widmete, saugte und leckte.

Er stöhnte heiser, was mich noch weiter anstachelte, und ich führte meine Bewegungen schneller, nahm meine Hände dazu, die sich fest um seine Hoden schlossen. Seine Finger verkrampften sich in meinen Haaren, aber bevor er die Erlösung fand, zog er mich nach oben und drückte mich auf sein Bett.

Mit einem Ruck riss er mir mein Höschen herunter

und begann, meine Oberschenkel zu küssen. Er wanderte mit seiner Zunge und seinem Mund direkt auf meinen Kitzler zu und heiß-kalte Schauer erfassten meinen Körper. Ich bäumte mich auf, als er diesen endlich erreichte, abwechselnd daran saugte und ihn mit seiner Zungenspitze umkreiste.

Kehlig stöhnend hob ich den Kopf und sah ihn an. Er erwiderte meinen Blick, schob seinen Oberkörper nach oben, zog sich ein Kondom aus der Nachtischschublade über und legte sich endlich auf mich, denn er hatte meine stumme Bitte anscheinend richtig gedeutet.

Wir küssten uns und ich schmeckte meine Erregung auf seinen Lippen. Ich schlang meine Beine um seine Hüften, kurz vorher stoppte er und sah mich an.

Seine Augen nahmen einen liebevollen Ausdruck an und sein Mund senkte sich erneut auf meinen. Endlich drang er mit einem tiefen Stoß in mich ein. Wir stöhnten laut auf und ich genoss das Gefühl, als er mich komplett ausfüllte und dehnte. Wir passten perfekt ineinander, sein Körper auf meinem fühlte sich so gut an, dass es mir fast die Tränen in die Augen trieb.

In völlige Ekstase versunken, stieß er schnell und hart in mich und ich wollte nichts sehnlicher als dieses Gefühl, welches er mir schenkte. Instinktiv und ohne Worte gab er mir genau das, was ich brauchte. Er saugte an meiner Unterlippe, und ich kippte mein Becken, kam seinen Stößen immer wieder entgegen. Sein kehliges Stöhnen schoss direkt in meinen pulsierenden Unterleib und der Höhepunkt baute sich unbarmherzig in mir auf. Ich war hin und hergerissen, denn zum einen wollte ich nichts Dringender als endlich Erlösung, zum anderen aber auch nicht, dass es bereits vorbei war.

Nic sah mir tief in die Augen. »Komm für mich.« Sein heiseres Raunen schubste mich über den Abgrund und ich stöhnte laut seinen Namen, kostete vollständig meinen Orgasmus aus, der ihn ebenfalls mitriss und ich sein kräftiges Pumpen in mir spürte.

Ich fühlte sein wild hämmerndes Herz gegen meinen Brustkorb schlagen, unsere Atmung, die sich kaum regulieren ließ und leichte Schweißperlen auf meiner Stirn.

Es war der Wahnsinn! Nic war der Wahnsinn!

Hätte ich mich noch vollständig daran erinnert, ich wäre nach unserer ersten gemeinsamen Nacht sicherlich nicht abgehauen, sondern noch lange geblieben. Sehr lange! Er küsste mich zärtlich, legte sich auf seinen Rücken und zog mich eng an seine Brust. Ich kuschelte mich an ihn, und genoss den Duft seiner Haut dicht an meiner Nase. Seine Hand streichelte sanft über meinen Rücken.

Nach einer kleinen Ewigkeit, in der wir versuchten, wieder zu Atem zu kommen, durchbrach er die zufriedene Stille.

»Ich muss dir was gestehen.« Ich hielt die Luft an und schloss die Augen. Also war es doch zu schön, um wahr zu sein.

»Was?«, fragte ich unsicher, hob den Kopf und schaute ihn an. Er runzelte die Stirn. »Ich hab gar nicht gekocht.« Ich fing an erleichtert, fast hysterisch, zu lachen. »Was hast du?«

»Ich hab das Essen bestellt. Ich hab doch gesagt, keiner aus unserer Familie kann kochen.«

Ich prustete los vor Lachen und er stimmte mit ein. Tränen rannen uns die Wangen herunter und immer wieder schüttelten uns neue Anfälle.

»Von wegen, du kannst alles!«, lachte ich. Er stützte sich über mich und fing an, meinen Hals zu küssen. Verlangen baute sich erneut in mir auf, denn ich konnte einfach nicht genug von ihm bekommen. Von seinen Berührungen, von seinem Duft und von seinem gesamten Körper.

»Na gut, nicht alles, aber eins ganz besonders gut«, brummte er an meiner Schulter und ich bekam eine Gänsehaut.

Kapitel 22

Ich schlug die Augen auf und fand mich in einem Déjà-vu wieder.

Nic hatte mich mit Armen und Beinen vollständig umschlungen, während ich auf der Seite lag und mich rücklings an ihn kuschelte. Wohlig brummend drückte ich mich noch weiter an ihn.

»Wenn du nicht aufhörst, mit deinem süßen Hintern zu wackeln, kann ich für nichts garantieren«, brummte er, noch heiser vom Schlaf, und ich erstarrte. Oh. Keine so schlechte Aussicht.

Er löste seine Hand aus der Umklammerung und ging auf Wanderschaft. Ohne dass ihn lästige Kleidung gehindert hätte, erkundete er meinen Körper, fuhr hinauf zu meinen Brüsten, zwickte in die schon wieder aufgestellten Spitzen und glitt über meinen Bauch zum Ansatz meiner Scham.

Ich spürte, wie sich die Hitze und Feuchtigkeit bereits wieder ausbreitete, und begann meinen Po an seinem wieder steif werdenden Penis zu reiben. Ich drehte mich in seinen Armen herum, drückte ihn mit dem Rücken in das weiche Bett, setzte mich rittlings auf ihn und wir genossen erneut, wie wir perfekt miteinander harmonierten.

Ich saß, nur mit Unterwäsche und einem weiten Shirt von Nic bekleidet, auf der Arbeitsfläche in seiner Küche und hielt eine warme Kaffeetasse zwischen den Fingern.

Er hatte darauf bestanden, für das gestern erschummelte Abendessen heute Morgen zumindest Rührei mit Speck zu braten. Das, hatte er mir stolz mitgeteilt, konnte er sogar sehr gut.

Ich beobachtete seinen muskulösen Rücken, während er mit dem Kochlöffel in der Pfanne hantierte. Sein Oberkörper war nackt, er hatte sich eine dunkelgraue Jogginghose angezogen, die locker auf seinen Hüften saß und den Blick auf die beiden Grübchen kurz oberhalb seines Poansatzes freigab.

»Ich würde gerne noch ein paar Ecken von Paris sehen«, sagte ich und hob den Kopf. Nachdem er den Pfannenwender zur Seite gelegt hatte, drehte er sich um und stellte sich zwischen meine Beine.

»Ich würde dir sehr gerne noch etwas von der Stadt zeigen.« Mit seinen Händen strich er über meine Oberschenkel bis zu meinem Po.

»Wenn du so weiter machst, kommen wir allerdings gar nicht mehr vor die Tür«, sagte ich und grinste ihn an. »Du hast recht«, brummte er. Er strich mir mit einem letzten fiebrigen Blick mit seinem Daumen über meine Unterlippe, bevor er sich erneut unserem Frühstück widmete.

»Wir könnten das volle Touriprogramm durchziehen und zum Eiffelturm fahren«, sagte er, und ich jubelte. »Oh ja! Ich muss nur kurz zuhause vorbei, mir etwas Frisches anziehen!«

»Klar, kein Problem.« Er nickte und schob das Rührei auf zwei vorbereitete Teller, auf denen bereits zwei Toastscheiben lagen. Wie auf Kommando knurrte mein Magen.

Nach dem Frühstück fuhren wir zu mir. Noch bevor ich die Tür aufschloss, hörte ich Jills gewohnte Musik durch die Wände dröhnen. Nic stand dicht hinter mir und wir betraten den Wohnungsflur.

»Jill, ich bin wieder da!«, rief ich laut. Die Musik wurde leiser und ihre Schlafzimmertür schwungvoll aufgerissen.

»Und, wie war es …« Noch im Gehen verstummte Jills aufgeregtes Rufen und sie blieb augenblicklich stehen, als sie Nic erfasste. Sie hob ertappt die Hand in unsere Richtung. »Hi.«

»Hi«, erwiderte er locker und ich grinste Jill vielsagend zu.

»Ich wollte mich nur schnell umziehen, dann

gehen wir uns die Stadt anschauen.«

»Viel Spaß!«, grinste sie immer noch und ging wieder zurück in ihr Zimmer.

Ich lief voraus in mein Schlafzimmer und Nic folgte mir. Er setzte sich auf mein Bett und ich musste lächeln, als ich daran dachte, wie wir gestern darin aufgewacht waren.

»Los, zieh dich um«, sagte er und sah mich herausfordernd an.

Mein Herz klopfte in Aussicht seiner Blicke und ich öffnete meinen Kleiderschrank, um mir eine schwarze Jeans und ein Shirt rauszuziehen, das ich über meinen Schreibtischstuhl hängte.

»Hilfst du mir mit dem Reißverschluss?«, säuselte ich ihm zu und stellte mich mit dem Rücken vor ihn, während er aufstand und zu mir kam. Er strich mir mein Haar auf eine Schulter und seine Bartstoppeln kitzelten meinen Nacken, als er einige Küsse dort verteilte.

Sein Finger öffnete gemächlich den Verschluss und eine Gänsehaut überzog sofort wieder meine Haut. Er streifte mir das Kleid von den Schultern und ich schloss genießerisch die Augen, weil mein ganzer Körper auf seine Berührungen wartete.

Endlich fuhr seine Hand von hinten über meinen Bauch, zum Saum meines Höschens, und seine Finger versenkten sich darin. Ich stöhnte und er biss mir in mein Ohrläppchen. »Leise sein. Wir sind nicht alleine«, flüsterte er bestimmt und ich versuchte zwanghaft, meine Geräusche zu unterdrücken. Sein Finger umkreiste meine Klit und das kribbelnde Gefühl wurde jede Sekunde heftiger. Ich krallte mich in seine Oberschenkel, die er dicht von hinten an mich gepresst hielt. Sein Schaft drückte fest gegen meinen Po. Mit der anderen Hand umfasste er meine Taille und hielt mich aufrecht, wofür ich ihm nur zu dankbar war, denn meine Knie wurden umgehend weicher.

Er bewegte seine Finger schneller und fuhr damit meine feuchte Länge nach unten, versenkte zwei davon tief in mir.

Seine Zunge leckte über meinen Hals, während er mich immer weiter mit seinem Finger penetrierte und der Höhepunkt sich heftig aufbaute.

Plötzlich zog er seine Hand zurück. »Ich muss dich spüren«, flüsterte er an meinem Ohr und dirigierte mich zu meinem Bett, bis ich mich darauf legte und er mir endlich mein Höschen ausziehen konnte. Ich beobachtete seine kräftigen Hände dabei, wie sie den Gürtel und den Reißverschluss seiner Hose öffneten und die Vorfreude erhöhte sich ein weiteres Stück. Aus seiner Hosentasche zog er ein Kondom, welches er sich überrollte, nachdem er sich vollständig ausgezogen hatte. Er kam nackt zu mir, ich erhob mich und drückte ihn mit dem Rücken in die weichen Laken. Nachdem ich mich rittlings auf ihn gesetzt hatte, dirigierte ich seine Härte gegen meinen Eingang, bis er sich mit einem Stoß von unten in mir versenkte. Um mein lautes Stöhnen zu unterdrücken, welches über meine Lippen wollte, biss ich mir auf die Unterlippe, während ich anfing, mich auf ihm zu bewegen.

Wir versanken in immer ekstatischerem Tempo, während meine Klit an seiner Haut rieb und er kräftig von unten in mich pumpte. Unsere verschleierten Blicke ertranken ineinander, konnten sich nicht lösen und ich traute mich noch nicht einmal, zu blinzeln. Ein letzter Stoß brachte mich heftig zum Orgasmus und ich spürte auch seinen Höhepunkt tief in mir. Ich keuchte und er presste die Hand gegen meinen Mund, damit er meine Schreie dämpfen konnte.

Es dauerte einige Zeit, bis ich mich wieder unter Kontrolle hatte, danach legte ich mich neben ihn und schmiegte meinen erschöpften Körper an ihn.

»Ich kann einfach nicht die Finger von dir lassen«, wisperte er und fuhr zarte Kreise auf meinem Rücken.

»Hab ich ein Glück«, sagte ich und lächelte ihn an.

»Und jetzt los, zieh dir endlich was an, sonst wird das nichts mehr mit Sightseeing heute.« Er ließ mich los und gab mir einen Klaps auf den Hintern. Nachdem er sich selbst angezogen hatte, legte er sich seitlich auf mein Bett und beobachtete mich.

Ich schnappte mir frische Wäsche und zog meinen Bademantel über, der an der Türrückseite hing.

»Ich spring nochmal schnell unter die Dusche, wenn das okay für dich ist.« Wir hatten zwar bereits bei ihm gemeinsam geduscht, aber ich brauchte unbedingt eine Abkühlung, bevor ich mich wieder unter Menschen wagen konnte.

»Natürlich«, sagte er.

»Ich beeil mich.« Ich gab ihm einen flüchtigen Kuss auf die Lippen, schnappte mir das Kondom um es zu entsorgen und verschwand im Badezimmer.

Schnelle fünfzehn Minuten später, betrat ich frisch geduscht den Flur. Meine noch nassen Haare hatte ich zu einem lockeren Dutt hochgebunden und wollte gerade in mein Schlafzimmer, als ich Kichern aus der Küche vernahm.

Ich folgte dem Geräusch und blieb im Türrahmen stehen. Mit Mühe und Not konnte ich mir ein Lachen verkneifen, als ich sah, wie Nic und Jill am Küchentisch saßen und sich gegenseitig Witze erzählten.

Nic hob seinen Kopf, »Chéri, da bist du ja!« Er strahlte und ich freute mich darüber, dass beide sich scheinbar gut verstanden.

»Ich zieh mir schnell was über, dann können wir los. Aber ich sehe ja, dass du gute Unterhaltung gefunden hast.«

Jill hatte sich auf ihrem Stuhl umgedreht und lachte mich an. »Nic ist echt der schlechteste Witzeerzähler auf der ganzen Welt! Und ich dachte, ich wäre scheiße!«

Sie lachte aus vollem Hals, was bei ihr unfassbar ansteckend wirkte und wir stimmten beide mit ein. Als wir uns endlich beruhigen konnten, eilte ich in mein Zimmer, zog mir etwas über und holte Nic aus der Küche ab.

»Bye Jill! Es hat mich sehr gefreut, deine Bekanntschaft zu machen!«, sagte Nic und deutete eine Verbeugung an. Sie grinste. »Dito. Bis zum nächsten Mal!«

Ich drückte sie noch einmal an mich, um ihr einfach zu danken, weil sie war, wie sie eben war. Aufgeschlossen, herzlich und eine wunderbare Freundin.

Im Flur griff ich nach meiner Jacke und dem roten Regenschirm, denn wir hatten durch das Küchenfenster gesehen, dass es leider angefangen hatte zu regnen. Aber egal, wir ließen uns dadurch sicherlich nicht entmutigen! Nachdem ich auch meine Kamera in die Tasche gepackt hatte, liefen wir durch das Treppenhaus nach draußen zu seinem Wagen und fuhren durch den Pariser Chaosverkehr auf direktem Weg zum Eiffelturm.

Dort angekommen schlenderten wir händchenhaltend durch den angrenzenden Park auf den mächtigen Eisenturm zu. Nic hielt uns den roten Schirm, ich linste daran vorbei und legte meinen Kopf in den Nacken.

»Wahnsinn. Der ist riesiger, als ich gedacht hatte.«

»Ja, das hör ich öfter«, feixte Nic und ich warf ihm einen schmunzelnden Blick zu.

»Der Eiffelturm, natürlich. Wie war das mit den Witzen?«

Er lachte und zog mich an sich.

»Du bist echt niedlich, weißt du das?«

Ich rümpfte die Nase. »Niedlich? Das ist doch mal ein Kompliment, was wirklich jede Frau hören möchte.«

»Niedlich und ...« Er küsste mich auf die Stirn, »schlau und ...«, auf die linke Wange, »wunderschön und ...«, rechte Wange, »unglaublich heiß, Chéri.« Seine Lippen fanden meine. Der Regen prasselte laut auf den Regenschirm über unseren Köpfen, doch seine Wärme umhüllte mich und ließ mich nicht frieren. In meinem Magen flatterte es und mein gesamter Körper stand unter Strom, während wir uns leidenschaftlich küssten.

Dieses Erlebnis hätte ich nicht gewagt zu träumen, bevor ich hier hergekommen war. Und dann auch noch mit Nic, der alles hatte, was ich mir von einem Mann je gewünscht hatte.

Wir lösten uns voneinander und er sah mir tief in die Augen.

»Willst du hoch?«, fragte er und ich nickte, immer noch benommen von unserem unwirklichen Kuss.

Kapitel 23

Nach dem letzten, unglaublichen Wochenende schubste mich der Montag geradewegs aus den rosa Wolken und ließ mich unsanft auf dem Boden aufkommen.

Nachdem wir uns gestern nach dem Eiffelturmbesuch nass und durchgefroren in einem kleinen Café aufgewärmt hatten, bestellten wir Macarons in allen Regenbogenfarben und schlugen uns damit den Bauch voll, bis wir fast platzten. Ich liebte diese kleinen Teile mittlerweile eindeutig!

Danach hatten wir noch einen Spaziergang durch die Stadt gemacht und uns schweren Herzens in Nics Auto verabschiedet. So gerne ich noch mit ihm nach Hause fahren wollte, um selbstständig sein zu können, konnte ich nicht ständig an ihm hängen wie eine Klette. Es war wichtig, dass ich mich von ihm löste, auch wenn es schwer war. Aber ein Grund, hier zu sein war, dass ich vorhatte, mutiger und selbstbewusster zu werden.

Zurück in meiner Wohnung schwärmte ich vor Jill bei einem gemeinsamen Abendessen von unserem Tag und vor allem von Nic. Danach rief ich Emma und Conni an, die sich wirklich freuten, mich zu hören. Nach den ausführlichen Telefonaten wurde mir wieder bewusst, wie stark mein Heimweh doch war. Aber es nützte alles nichts. Ich war schließlich hierher gekommen, damit ich auch einmal etwas für mich tat! Aber vielleicht konnte ich sie trotzdem an einem der nächsten Wochenenden besuchen.

Nun war ich wieder früh am Set angekommen. Glücklicherweise fiel es mir hier nicht schwer, pünktlich aufzutauchen, denn ich freute mich auf den Job, bei dem ich Mathis unterstützen konnte und mich als wichtigen Teil in der Mannschaft fühlte.

Ich begrüßte alle und wir nahmen unsere Arbeit auf. Immer wieder suchte ich die Umgebung ab, aber entdeckte leider keinen Nic. Er würde jedoch bestimmt bald kommen, hatten wir doch heute Morgen über Nachrichten miteinander vereinbart, dass wir unsere Mittagspause gemeinsam verbringen wollten. Danach stand sowieso wieder eine Besprechung in der Agentur an, weil ein Model abgesprungen war und wir uns die neuen Bewerberinnen ansehen mussten.

»Paula, was hältst du denn davon, wenn wir heute Mittag etwas essen gehen?« Mathis Stimme hinter meinem Rücken riss mich aus meinen Gedanken und ich zuckte zusammen.

Langsam drehte ich mich zu ihm um. »Ähm, ja, ich kann leider heute nicht«, stotterte ich, weil ich nicht wusste, wie ich ihm am besten eine Abfuhr geben konnte, ohne zu konkret zu werden, was ich sonst vorhatte. Nämlich mit Nic zu essen. Ich wollte weiterhin nicht, dass es rauskam. Wer wusste, was das Team dann über mich dachte, oder ob das irgendeinen Einfluss auf meine Arbeit hatte.

»Dann vielleicht morgen?«

Er ließ einfach nicht locker.

»Ja, vielleicht« Ich hantierte nervös mit dem Kameraobjektiv in meiner Hand herum.

»Also, dann war das ein Ja?«, fragte er hartnäckig.

»Mathis!«, hörte ich Nics dunkle Stimme hinter mir und seufzte erleichtert aus.

»Nicolas, Bonjour!«, sagte er und ich konnte einen genervten Unterton vernehmen, nun nicht mehr alleine mit mir zu sein.

Nic stellte sich neben uns. »Du hast doch gehört, dass sie keine Zeit hat.«

Ich sah ihn mit großen Augen an.

»Wieso sollte dich das etwas angehen?«, fragte Mathis spitz und ich sah Nic noch eindringlicher von der Seite an, schüttelte leicht meinen Kopf, damit er sich nicht verplapperte.

»Weil du dich auf die Arbeit konzentrieren sollst.

Wenn du das nicht tust, dann gibt es kein Geld, weder für dich, noch für uns andere.«

Er funkelte Mathis wütend an und ich atmete fast erleichtert aus, dass er die Bombe nicht platzen gelassen hatte. Denn wenn man ehrlich war, war es auch sein gutes Recht, in diesem Thema mitzubestimmen. Trotzdem war ich froh, dass er meine Meinung in dieser Hinsicht respektierte.

»Mach dir darüber mal keine Gedanken«, antwortete ihm Mathis gereizt, drehte sich darauf aber um, und ging.

»Wenn du es ihm endlich sagen würdest, hätten wir dieses Problem nicht ständig«, zischte er mir leise zu.

»Ich will nicht, dass das irgendeinen Einfluss auf meine Arbeit hat.«

»Du willst nur nicht, dass er dich rausschmeißt, weil er denkt, er hat sowieso keine Chance.« Ich verschränkte die Arme vor der Brust. Das war doch jetzt wohl die Höhe!

»Denkst du, ich hab den Job nur deswegen bekommen, weil ich eine Frau in einem fickbaren Alter bin?«

Er fuhr sich sprachlos durch die Haare. »Nein, natürlich nicht! Aber Mathis kann manchmal echt hartnäckig sein. Ich will dich doch nur vor etwas bewahren, was wir vermeiden können.«

Ich schnaubte.

»In zehn Minuten im *Madame Petit*, hier um die Ecke?«, fragte er wieder etwas versöhnlicher und ich ließ die Arme sinken. Ich konnte ihm einfach nicht böse sein.

»Okay«, sagte ich leise und er lächelte mir erleichtert entgegen.

Nach unserer Mittagspause saßen wir im Besprechungsraum der Agentur. Wir sahen uns die neuen Vorschläge der Models an und hingen dazu über einem Haufen von Bildern. Mathis hatte ganz spezielle Vorstellungen, wie er seine nächste Fotostrecke umsetzen wollte, und war mit so ziemlich keinem Fotomodel zufrieden, das ihm präsentiert wurde.

Nach stundenlanger Suche, in der Nics Sekretärin Chloé massenhaft neue Fotomappen anschleppen musste, fand er schließlich eines, was ihm passte, und wir konnten alle endlich den Feierabend antreten.

Ich verabschiedete mich von Mathis und gab vor, den Waschraum aufsuchen zu müssen, damit er keinen Verdacht schöpfte, weshalb ich noch blieb. Ich wusste, dass die anderen in der Agentur, einschließlich der Empfangsdame, bereits vor einigen

Minuten nach Hause gegangen waren und so konnten Nic und ich gemeinsam gehen, ohne dass es auffiel.

Plötzlich ging die Tür zum Waschraum auf und ich erstarrte. Starr fixierte ich den Wasserhahn, unter den ich gerade meine Hände gehalten hatte, um sie zu waschen.

»Bonjour«, säuselte Catherine und ich erwiderte es. »Bonjour.«

Na klasse. Die letzte Person, die ich sehen wollte. Irgendwie musste sie einen Fühler dafür haben, mich in Toiletten abzupassen.

»Ich bin hier, weil ich Nic abholen wollte. Wir wollten heute Abend essen gehen«, flötete sie und stellte sich vor das Waschbecken neben mir.

Na klar! Das war eine glatte Lüge und das wusste sie auch. Sie wollte mich nur aus der Reserve locken. Aber ein Gutes hatte es wohl, sie hatte sicherlich nicht mitbekommen, dass tatsächlich zwischen Nic und mir etwas lief.

»Hm«, antwortete ich ihr nur und riss einige Papierhandtücher aus dem Spender.

»Wir wollten nochmal in dieses kleine Restaurant gehen, das uns so an unseren Aufenthalt in Deutschland erinnert.«

Nun platzte mir der Kragen, denn jemand sollte ihr wirklich mal den Kopf waschen! Ich drehte mich zu ihr um und sah sie mit zusammengezogenen Augenbrauen an.

»Glaubst du selbst den Blödsinn, den du hier erzählst?«

Sie riss ungläubig die Augen auf. »Ich weiß gar nicht, was du meinst.«

»Wie auch immer.« Mit einem letzten Schnaufen machte ich auf dem Absatz kehrt und ging durch die Tür. Der Einzige der sie zur Vernunft bringen konnte, war Nic, und zu diesem eilte ich über den Flur geradewegs in sein Büro.

»Du musst ihr echt mal sagen, dass sie besser damit aufhören sollte!«, platzte ich in den Raum.

Nic saß hinter seinem Schreibtisch und schaute auf. »Was? Wer?«

»Deine Giraffe, die dir ständig hinterherhechelt!«

»Jetzt versteh ich noch weniger.« Er sah mir fragend ins Gesicht, während seine Mundwinkel amüsiert zuckten.

Mit verschränkten Armen blieb ich inmitten seines Büros stehen. »Ich find das gar nicht witzig. Deine Modelfreundin fängt mich überall ab, wo sie mich sieht, und erzählt mir irgendwelche Geschichten, dass ihr euch noch trefft, oder du ihr gehörst. Ist da was dran? Nic?«, flehend sah ich ihm ins Gesicht, umgehend stand er auf und kam zu mir rüber.

»Hey, denkst du wirklich noch an so etwas?« Er hob mein Kinn mit seinem Zeigefinger an und sah mir tief in die Augen. Ich ertrank in dem intensiven Blau seiner Iris und knabberte beschämt an meiner Unterlippe.

Langsam schüttelte ich den Kopf und er hauchte mir einen Kuss auf den Mund.

»Gut. Denn glaub mir, da ist nichts zwischen mir und Catherine.« Ich schnaubte bei ihrem Namen. »Sie ist Model, wir sind eine Agentur für Fotografen, denen wir Models vermitteln. Ganz einfach.«

Ich räusperte mich und kam mir auf einmal furchtbar dämlich vor. Mit seinen Händen an meinen Hüften dirigierte er mich zu seinem Schreibtisch und hob mich an, damit ich darauf Platz nahm. Seine Lippen senkten sich auf meine und er begann, leicht daran zu knabbern, während er mich fest an sich presste.

Begierige Hitze breitete sich in mir aus, fand sich in meiner Mitte als heftiges Ziehen wieder und ich schlang meine Beine um seine Hüften.

Unsere Zungen tanzten einen stürmischen Tanz und seine Hände glitten über meine noch verdeckten Brustwarzen, die sich augenblicklich aufstellten. Er zog mich vom Tisch und begann hastig, den oberen Knopf meiner Hose aufzuknöpfen. Ich tat es ihm gleich und löste die Schnalle seines Gürtels, der in seiner dunkelblauen Anzugshose steckte.

»Ich will nur dich«, wisperte er an meinen Lippen und ich wurde noch ungeduldiger, ihn endlich zu spüren.

Er drehte mich herum und setzte meine Hände auf den Schreibtisch. »Lass sie dort«, befahl er mir rau und ich krallte mich in die Tischplatte, während er meine Jeans samt Höschen herunterzog. Er streichelte über meinen nackten Hintern und ich spürte die Feuchtigkeit zwischen meinen Beinen, als ich das Rascheln seiner Hose hörte.

Seine Finger strichen leicht über meinen Kitzler bis zu meinem Eingang und ihm entfuhr ein Stöhnen, als er fühlte, wie bereit ich für ihn war. Seine Härte drückte von hinten gegen mich und ich schob mich ihm entgegen, um ihn endlich in mir aufnehmen zu können.

Mit einem tiefen Stöhnen drang er in mich ein. »Du fühlst dich so gut an«, wisperte er und ich hätte ihm dieses Gefühl gerne bestätigt, konnte jedoch keinen klaren Gedanken fassen, geschweige denn zusammenhängende Sätze bilden, während er immer wieder in mich stieß.

Ich presste meine Handinnenflächen fest gegen den Tisch, versuchte, ihm entgegenzukommen, um noch mehr von ihm zu spüren. Mit einer Hand umfasste er meinen Nacken, mit der anderen wanderte er zu meiner Klit und umkreiste sie. Schauer überfielen mich und der Höhepunkt breitete sich in meinem Unterleib aus.

»Tiefer!«, stöhnte ich und er tat mir nur zu gerne den Gefallen, was mich erzittern ließ und mich in einen allesverschlingenden Orgasmus schubste. Durch das Rauschen in meinen Ohren konnte ich nichts hören, durch den Schleier in meinem Kopf nichts sehen, sondern nur fühlen. Fühlen wie er mir nach wenigen Stößen folgte und wohlig seufzend auf mir zusammensackte. Schweratmend standen wir immer noch vereint vor dem massiven Schreibtisch und er streichelte zart über meinen Bauch, drückte mir dann einen Kuss auf die Schulter und löste sich von mir.

Ich drehte mich zu ihm um, und er rahmte mein Gesicht mit seinen Händen ein. »Noch Zweifel?«, wisperte er und ich schüttelte den Kopf.

»Gut.«

Kapitel 24

»Willst du nicht doch mit zu mir?«, fragte er mich und strich mir eine Haarsträhne aus dem Gesicht, während er sich über die Mittelkonsole seines Wagens zu mir rübergebeugt hatte.

»Es tut mir leid, Jill wollte heute Abend mit mir essen und ich muss mich mal wieder bei meiner Familie und Freundinnen melden.« Enttäuscht nickend beugte er sich weiter zu mir und küsste mich sanft. Wärme überzog meine Lippen und ich öffnete sie leicht, damit ich seinen Geschmack genießen konnte.

»Meld dich nachher noch bei mir«, sagte er, nachdem er sich von mir gelöst hatte und ich nickte. Wieso hatte ich nochmal Jill zugesagt? Eigentlich wollte ich nichts lieber, als mit ihm mitfahren.

Wir verabschiedeten uns und ich winkte ihm ein letztes Mal, bevor ich seufzend durch unser Treppenhaus in die Wohnung schlurfte.

Schon bereits an der Eingangstür hörte ich das Zischen von heißem Fett in der Pfanne und roch gebratenes Fleisch. In meinem Mund lief das Wasser zusammen, als ich über den Flur Richtung Küche ging.

»Hi!«, begrüßte ich Jill, die mit einer Schürze bekleidet, selbstverständlich in schwarz, vor dem Herd stand. Heute Vormittag hatte sie mir eine Nachricht auf mein Handy geschickt, um zu fragen, ob ich am Abend zuhause sein würde. Sie hatte angedeutet, dass sie mir etwas Tolles erzählen wollte. Nun war ich extrem neugierig darüber, und hätte ihr natürlich niemals abgesagt. Auch wenn ich Nic bereits jetzt vermisste.

»Oh schön! Du bist da! Nimm Platz!«, sagte sie und ich setzte mich auf einen der Stühle. Sogar den Tisch hatte sie bereits gedeckt.

»Wow, Jill. Du überschlägst dich ja fast! Was ist es, ich kann keine Minute mehr warten!«

Sie spießte die Steaks mit einer Gabel auf und legte sie von der Pfanne auf unsere Teller. Nachdem sie alle Kochutensilien abgestellt hatte, setzte sie sich mir gegenüber und hielt mir die Salatschüssel hin.

»Hier.«

»Mann! Jetzt machs doch nicht so spannend!«, bettelte ich.

Sie stellte die Schüssel beiseite und strahlte mich an

»Wir wurden entdeckt! Wir fahren auf Tournee!«, schrie sie und wir sprangen beide hoch.

Quietschend hüpften wir, uns umklammernd, in

der Küche auf und ab. Als wir uns nach einigen Minuten völlig außer Puste zurück auf unsere Plätze fallen gelassen hatten, strahlten wir immer noch über das ganze Gesicht. »Nein! Das ist ja der Wahnsinn! Wann ...? Wie ....? Wer ...?«, ich atmete noch schwer von unserem Freudentanz.

»Gestern, bei einem Auftritt, kam ein Manager auf uns zu. Er hat uns eine Karte gegeben und gesagt, er würde uns gerne unter Vertrag nehmen. Heute Morgen waren wir bei ihm und haben die Details besprochen! Wir werden in drei Monaten in Frankreich, Deutschland und Österreich auftreten! Ich kann es noch gar nicht glauben!«

Ich freute mich so sehr für sie! Endlich hatte sie das erreicht, wofür sie und die Jungs so lange geübt hatten. Sie waren in den letzten Spelunken aufgetreten, hatten vor nur zehn Menschen gespielt, bis sie sich endlich etwas aufbauen konnten. Und nun der Durchbruch? Hoffentlich!

»Oh Jill! Das hört sich so klasse an! Aber, so bald schon?«

»Ja, er sagte, eine andere Band wäre ihm abgesprungen, weil die Leadsängerin krank geworden wäre und wir sollten unter anderem als Vorband von echt bekannten Künstlern auftreten!« Ihr Strahlen erhellte den gesamten Raum.

Sie erzählte mir ausführlich jedes Detail, und

fragte mich, ob ich nicht die Wohnung übernehmen wolle, wenn sie weg war. Sie wusste schließlich nicht, was in einem halben Jahr, wenn sie zurück sein würden, überhaupt sein würde. Ich freute mich darüber, wusste aber auch, dass ich mir von meinem mickrigen Gehalt auf jeden Fall eine neue Mitbewohnerin suchen musste, und ein wenig graute es mir davor.

Aber natürlich war die Freude über Jills Erfolg viel größer, als meine Angst. Wir lachten und redeten bis zum späten Abend, bis auf einmal mein Handy, welches neben mir auf dem Tisch lag, zu vibrieren begann.

Ich sah darauf und mein Herz machte einen Freudenhüpfer, als ich seinen Namen über der eingehenden Nachricht erkannte.

Miss you! Ich könnte dir auch Macarons backen, wenn du kommst!
XX sehnsüchtige Grüße, Nic

Jill deutete mein Grinsen richtig und stand auf, um den Tisch abzuräumen. Als ich ihr helfen wollte, machte sie eine wegwerfende Handbewegung. »Schon okay, ist doch nicht viel. Schreib

lieber deinem Mister Perfekt zurück.«
Ich grinste und tippte schnell meine Nachricht ein:

*Du und backen? Lieber nicht! Nachher fackelst du noch
deine Wohnung ab! Miss you too!*
XX ängstliche Grüße, Paula

Es dauerte keine zwei Minuten, da kam auch
schon seine Antwort:

*Bitte! Ich bestelle sie auch! Oder du bringst welche mit
...*
XX flehende Grüße, Nic

*Seit wann betteln denn richtige Männer? Und ich soll
sie selber mitbringen? Das ist ja wohl die Höhe!*
XX empörte Grüße, Paula

Es vergingen fünf Minuten, zehn, dann weitere
zwanzig ohne ein Lebenszeichen von ihm. Sehr
merkwürdig, aber natürlich hatte er auch noch
andere Sachen zu tun, außer mit mir zu schreiben.

Vielleicht war er beim Sport?

Jill hatte sich mittlerweile wieder an den Tisch gesetzt und wir unterhielten uns noch etwas. Es ärgerte mich selbst, dass meine Gedanken immer wieder unkonzentriert abschweiften und ich an Nic denken musste.

Verdutzt sah ich Jill an, nachdem ich die Haustürklingel gehört hatte.

»Erwartest du nochmal Besuch? Die Jungs vielleicht?«

»Nee.« Sie schüttelte den Kopf und ich erhob mich, um nachzusehen.

Gespannt öffnete ich die Tür und konnte mir ein breites Grinsen nicht unterdrücken.

»Du hast Recht! Richtige Männer bringen ihren Frauen natürlich die Macarons und nicht umgekehrt.« Nic stand vor mir, in der Hand hielt er eine rosafarbene Schachtel einer Patisserie. Ungläubig schüttelte ich den Kopf, woher er um diese Uhrzeit noch Macarons auftreiben konnte und zog ihn an mich.

»Du verrückter Kerl.«

»Ich wollte dir nur das hier bringen, dann geh ich wieder«, flüsterte er und umschlang mich mit seiner freien Hand.

»Du gehst nirgendwo mehr hin!«, sagte ich und zog ihn küssend in die Wohnung.

Kapitel 25

Die nächsten Wochen vergingen wie im Flug. Nic und ich verbrachten jede Nacht gemeinsam, entweder bei ihm oder bei mir.

Nach Feierabend zeigte er mir die Stadt, wir gingen etwas Essen - ich liebte die französische Küche - oder gemeinsam mit Decke und Picknick bewaffnet bei schönem Wetter in das Freiluftkino *Cinéma au Clair de Lune,* welches er bei unserem ersten Date erwähnt hatte. An manchen Abenden besuchten wir sogar Jill bei ihren Auftritten.

Ich fühlte mich von Tag zu Tag heimischer. Nicht allein, weil ich unbeschreiblich glücklich mit ihm an meiner Seite war, sondern auch, weil mir das gesamte Pariser Flair sehr gut gefiel. Viele Orte erinnerten mich zusätzlich an meine Oma und während wir bei strahlendem Sonnenschein kuschelnd auf einer Decke im Park lagen und in den Himmel sahen, erzählte ich ihm von ihr. Ich hatte lange nicht über sie gesprochen, noch nicht einmal mit Max, weil es mich einfach zu sehr schmerzte. Aber nun, hier in ihrer Stadt, mit Nic, erinnerte ich mich an die vielen schönen Momente, die wir hier gemeinsam erlebt hatten.

Aber auch die Arbeit machte mir wahnsinnigen Spaß und ich lernte sehr viel dazu. Mathis, die anderen und ich, wechselten alle paar Tage das Set und Nic kam uns hin und wieder besuchen. Natürlich hatten wir es den anderen weiterhin nicht erzählt, dass wir zusammen waren, denn ich war mir immer noch nicht sicher, ob ich das wirklich wollte. Mathis hielt sich glücklicherweise, wenn Nic anwesend war, stark zurück, und die Versuche, die er ohne ihn startete, konnte ich mittlerweile ganz gut alleine abwehren.

Auch Catherine hatte ich das ein oder andere Mal auf dem Flurgang gesehen, aber außer einem bösen Blick behielt sie ihre Meinung für sich. Nicht allein, weil Nic auch ihr eine Ansage gemacht hatte, die sich gewaschen hatte. Allerdings vermutete ich aus einem unerfindlichen Grund, dass sie das nicht auf sich sitzen lassen würde. Aber bisher wurden meine Befürchtungen zum Glück nicht bestätigt.

Jeden Freitag trafen wir uns in der Agentur zur Besprechung der nächsten Woche, so wie auch am heutigen Tag.

Nic saß auf meiner rechten Seite und gegenüber von uns Mathis und Emilie. Während die beiden sich durch Beschreibungen von Fotoplätzen und Mappen von neuen Modellen kämpften, setzte mein Herz fast aus, als Nics Finger anfingen, unauffällig unter der Tischplatte, mein Bein zu streicheln.

Ich bedachte ihn mit einem bösen Blick, aber seiner Miene war rein gar nichts anzusehen.

»Hier ...«, Mathis hielt ein Foto eines Parks hoch, »... was brauchen wir hier für eine Genehmigung?«

Nics Finger strichen langsam von meinem Knie nach oben, mein Herz raste in meiner Brust und ich schluckte schwer.

Wie konnte er dabei so locker sein, wenn es Mathis und Emilie auf der anderen Tischseite, bei einer unbedachten Bewegung, jederzeit sehen könnten?

Das Gespräch der beiden ging an mir vorbei, als befände ich mich unter Wasser. Ich spürte nur noch Nics träge Kreise, die sich mittlerweile bis zum Ansatz meiner Scham zogen und rutschte nervös auf dem Stuhl herum.

Mein Atem ging schneller, die Feuchtigkeit zwischen meinen Beinen verteilte sich in meinem gesamten Höschen und ich versuchte, ihn mit unauffälligen Bewegungen meines Beines abzuschütteln.

Statt aufzuhören, wurden seine Berührungen drängender, bis er mit seinen Fingerspitzen leicht meine Klit berührte. Mit Mühe und Not, musste ich ein Stöhnen unterdrücken und sprang auf.

Alle am Tisch sahen mich verblüfft an. »Ich ... muss ... mir noch einen Kaffee holen«, stotterte ich und verließ den Raum.

Wenn ich nicht gegangen wäre, wäre es mir egal gewesen, dass noch irgendjemand anderes im Raum war, denn ich wäre einfach über ihn hergefallen. Und ich wusste, dass Nic genau das mit seinen Berührungen erreichen wollte. Dass ich mich so nach ihm verzehrte, dass ich die Wahrheit endlich vor allen aufdeckte.

Ich eilte über den Flur in die kleine Kaffeeküche, denn nach meiner fadenscheinigen Begründung konnte ich jetzt nicht ohne ein Getränk im Besprechungsraum auftauchen.

Nervös tippte ich mit den Fingern auf der Arbeitsplatte, während ich wartete, bis die dunkelbraune Flüssigkeit die Tasse füllte.

Eine Bewegung in meinem Augenwinkel ließ mich nach links sehen und ich sah Nics breiten Körper, der fast den gesamten Türrahmen ausfüllte.

Er ging mit großen Schritten auf mich zu und an seinem fiebrigen Blick erkannte ich sofort, was er vorhatte.

»Nein, bitte nicht«, sagte ich leise, obwohl ich selbst nicht wusste, ob ich es überhaupt vermeiden wollte.

Er drängte mich gegen die Küchenfront und ich spürte die Arbeitsplatte gegen meinen Rücken drücken.

»Ich kann nicht stundenlang neben dir sitzen und dich nicht berühren«, wisperte er und ich fühlte seine Härte durch den Stoff unserer Kleidung gegen mich drücken. Pochendes Verlangen durchflutete jede einzelne meiner Adern.

»Ich will dich bereits den ganzen Tag!«

»Hier kann uns jeder sehen«, startete ich noch einen letzten kläglichen Versuch, das Unvermeidliche aufzuhalten.

»Scheiß drauf!« Seine Lippen prallten auf meine und er umfasste meinen Kopf mit seinen großen Händen, die mich noch enger an ihn zogen. Sein gieriger Kuss ließ mich vergessen, dass wir inmitten einer öffentlichen Küche standen, in der jederzeit jemand hereinkommen konnte.

Nicht nur, dass Mathis uns erwischen könnte, ich machte mir auch Gedanken darüber, was die anderen dachten, wenn der Geschäftsführer der Agentur mit einer kleinen Fotoassistentin rumknutschte. In der Betriebsküche. Mitten in der Arbeitszeit.

Aber was machte ich mir vor? Ich wollte es genauso sehr wie er.

»Heute Abend bei mir. Sieben Uhr?«. Er sah mir atemlos in die Augen und ich nickte benommen.

»Gut. Die Besprechung wird gleich beendet, ich halte es keine Sekunde mehr länger neben dir aus.« Ein Kuss auf meine Lippen, der mich zum Zittern brachte und mit einem letzten Zwinkern ging er, nachdem er die Erektion in seiner Hose zurechtgerückt hatte, aus dem Raum.

Als bibberndes Wrack ließ er mich zurück. Was tat er mir nur an?

Ich nahm mit zittrigen Fingern die nun gefüllte Tasse aus der Kaffeemaschine, lief aus der Küche und musste aufpassen nichts zu verschütten. Nic war nicht mehr auf dem Flur zu sehen, allerdings sah ich Catherine auf mich zukommen.

»Bonjour!« Sie schenkte mir ein falsches Lächeln, welches ich jedoch nicht erwiderte.

Mit einem knappen Nicken ging ich an ihr vorbei und wischte mir im Geiste den Schweiß von der Stirn. Zwei Sekunden später, und sie hätte uns auf frischer Tat ertappt.

Bisher hatte sie zwar eine Vermutung, aber bestätigt hatten wir ihr diese noch nicht.

Kapitel 26

Zuhause nahm ich eine Dusche, zog mir neue Unterwäsche, die ich extra am vergangenen Tag bei einer Shoppingtour mit Jill gekauft hatte, an, und schlüpfte in ein leichtes seidenes Kleid mit sandfarbenen Verzierungen darauf. Zufrieden betrachtete ich mich in unserem Flurspiegel und sah auf die kleine Uhr, die auf der Kommode stand.

Es war achtzehn Uhr, eigentlich noch eine Stunde zu früh, aber der starke Verkehr in der Stadt kostete mich mit dem Taxi sicherlich zwanzig Minuten und selbst mit der Metro bräuchte ich über eine halbe Stunde. Außerdem konnte ich keine Sekunde mehr warten, ihn endlich wiederzusehen, deshalb machte ich mich auf den Weg.

Vor Nics Haustür angekommen, drückte ich auf den Klingelknopf und strich mir mit der Hand mein Kleid glatt.

Der Türsummer wurde betätigt und ich drückte die Tür auf, um einzutreten. Nachdem ich die Treppen hochgestiegen war, wunderte ich mich über die offenstehende Tür. Normalerweise begrüßte mich Nic immer schon im Hausflur, denn wir konnten es kaum erwarten, uns wiederzusehen.

»Hallo?«, rief ich in den leeren Gang, aber hörte keine Regung. Komisch.

Ich legte meine Handtasche auf die Kommode und ging ins Wohnzimmer.

»Nic?« Alles war still, aber er musste doch irgendwo sein, denn er hatte mir schließlich die Tür geöffnet.

Auch die Küche war menschenleer und es sah nicht danach aus, als hätte er bereits begonnen, etwas zu essen zuzubereiten. Was jetzt allerdings nicht untypisch war, da wir meistens, wenn wir bei ihm waren, einfach bestellten.

Vielleicht wartete er bereits im Schlafzimmer. Vorfreude erfüllte mich nach der Erinnerung an unsere heimliche Knutscherei in der Agentur.

»Nic, bist du hier?«, sagte ich und drückte die Schlafzimmertür langsam auf.

Erinnerungsblitze durchzuckten schmerzhaft meinen Kopf. Dennis. In seinem Bett. Tränen stiegen mir in die Augen und das Atmen fiel mir schwer.

Catherine schlankes, nacktes Bein lugte aus der dunkelblauen Satinbettwäsche. Den Rest der Decke hatte sie um sich geschlungen wie eine Toga und ihre dunkelbraunen Knopfaugen sahen mir überrascht entgegen, fingen sich aber schnell wieder und sie setzte ein gemeines Grinsen auf. »Oh, Paula. Nic ist gerade im Bad«, war das Einzige, was sie sagte. Mein Herz zerbrach in tausend Einzelteile.

Bevor mir die Tränen hemmungslos die Wangen herunterkullerten, machte ich auf dem Absatz kehrt und stürzte durch den Flur nach draußen. Ich drückte meine Handfläche gegen die Brust, auf Höhe meines schmerzend pochenden Herzens. Mein Hals schnürte sich immer weiter zu und raubte mir die Luft zum Atmen. Ich griff nach meiner Tasche und rannte durch das Treppenhaus nach unten.

Wie konnte er nur? Er war genauso wie Dennis! Ich wusste es von Anfang an, wieso hatte ich meinem Instinkt nicht einfach getraut? Wieso musste ich mal wieder auf so einen reinfallen? Aber wieso überhaupt? Meine Gedanken drehten sich im Kreis. Diesmal gab es nichts, was Nic von meinen Eltern oder dergleichen wollte. Was bezweckte er damit, mich so an der Nase rumzuführen? Nachdem ich auf die Straße gestürzt war, hielt ich mich an der nächsten Wand fest. Ich konnte nicht atmen. Alles drehte sich in meinem Kopf und mir wurde schwindelig. Bittere Galle stieg in mir hoch und ich musste mich plötzlich mitten auf den grauen Asphalt übergeben.

Nachdem mich keine weitere Welle der Übelkeit mehr überrollte, lehnte ich mich mit der Stirn schluchzend an die raue Fassade. Mit der Hand strich ich mir über die nassen Augen.

Er war es nicht wert, dass man wegen ihn weinte. Kein Mann war das!

Aber ich musste hier weg. Weg von dem Job, weg aus der Stadt. Alles hier erinnerte mich an ihn und ich hatte Angst, daran zu zerbrechen.

Mit dem Taxi fuhr ich nach Hause und zum ersten Mal war ich froh über die rasante Fahrweise der Pariser Taxifahrer. Der Fahrer hatte mich mehrfach im Rückspiegel angesehen und gefragt, ob alles in Ordnung wäre. Ich musste ein furchtbares Bild abgeben. Zitternd, schluchzend und wie ein Häufchen Elend saß ich auf seiner Rücksitzbank und krallte mich in meine Tasche, die auf meinem Schoß lag.

Zuhause angekommen, ging ich auf direktem Weg in mein Zimmer. Ich legte den Koffer offen in die Zimmermitte und schmiss mein gesamtes Hab und Gut hinein. Die Haustür fiel ins Schloss und ich hörte Jills Schritte im Flur.

Abrupt blieb sie stehen und beobachtete, wie ich durch den Raum wirbelte.

»Du bist ja da. Wolltest du nicht zu Nic?« Neue Tränen überfielen mich und ich fing an, hemmungslos zu schluchzen, ließ mich kraftlos auf den Boden sinken.

»Oh Gott, was ist denn passiert?« Sie rannte zu mir und drückte mich an sich. Wie ein kleines Kind wiegte sie mich hin und her, und ich gab mich ganz dem Schmerz hin, der in mir wütete.

»Ganz ruhig«, beruhigend strich sie mir gemächlich über den Rücken.

»Nic ... Bett ... Catherine ...«, schluchzte ich und ihr Griff spannte sich an.

»Oh nein«, sagte sie leise und ich heulte weiter.

»Vielleicht ein Missverständnis?«, versuchte sie, eine Erklärung zu finden, ihre Worte klangen aber ebenfalls nicht sehr überzeugt.

»Ich muss hier weg«, sagte ich und sah sie durch meinen Tränenschleier an.

»Ich fahr gleich zum Flughafen und nehme den nächsten Flieger nach Frankfurt. Max soll mich dort abholen.« Jill sah mir besorgt entgegen. »Bist du sicher, dass du nicht noch eine Nacht drüber schlafen willst?«

Ich schüttelte den Kopf. »Nein, ich kann das nicht noch mal.«

»Okay, ich komm aber mit!«

Wir packten gemeinsam meinen Koffer und ich beeilte mich, nach unten zu kommen. Nicht, dass Nic doch noch auf die glorreiche Idee kam, mich abzufangen. Was ich nicht glaubte, denn er hatte sich eindeutig entschieden. Für Catherine, gegen mich.

Noch im Taxi rief ich Max an und erzählte ihm die ganze Geschichte. Er bot mir an, natürlich bei ihm und Isa im Gästezimmer schlafen zu können, aber erst, nachdem ich ihn davon abhalten konnte, herzufliegen und Nic zu verprügeln. Wenn ich einen Flug ergattern konnte, sollte ich mich bei ihm melden, damit er wusste, wann ich ankommen würde.

Ich bekam noch einen, allerdings dreimal so teuer, als wenn ich ihn vorab gebucht hätte, aber das war mir egal. Ich wollte nur noch weg.

Jill drückte mich an sich und strich mir sanft über das Haar. »Wir bleiben in Kontakt! Vielleicht kommst du ja wieder, und wenn nicht, sehen wir uns in drei Monaten auf unserer Tournee, okay?«

Ich nickte traurig. Paris war eindeutig für mich Geschichte. Das Projekt Abenteuer war hiermit gescheitert und ich bedauerte sehr, Jill nun nicht mehr so häufig sehen zu können.

Aber sie wollte ohnehin ausziehen, ein Rockstarleben führen, und da hätten wir so oder so nicht mehr zusammen in der WG gewohnt.

Im Flugzeug nahm ich Platz und legte meinen Kopf gegen die kleine ovale Scheibe. Erschöpft schloss ich die Augen und sah ihn vor mir. Sein Lachen, seine blauen Augen, sein markantes Gesicht, seine männlichen Hände um mich geschlungen.

Ich atmete tief ein und verbot mir diese Gedanken, verabschiedete mich innerlich davon.

Tschüss Paris.

Tschüss Nic.

Wenn es nur nicht so wehtun würde.

Danke Paris, für diesen Schmerz.

Kapitel 27

»Du kannst so lange bleiben, wie du willst!«, sagte Max, küsste mich auf den Scheitel und verließ das kleine Gästezimmer, welches ich nun bei ihm bezogen hatte, weil ich nicht alleine in meiner Wohnung sein wollte. Es war spät in der Nacht und ich war unglaublich müde. Ich rollte mich auf dem Bett noch komplett bekleidet zusammen, denn noch nicht einmal umziehen konnte ich mich. Die Trennung bereitete mir nicht nur seelische Schmerzen, mein ganzer Körper tat weh, wie bei einem heftigen Muskelkater.

Tränen hatte ich keine mehr, denn die hatte ich alle auf dem zweistündigen Flug nach Hause aufgebraucht. Glücklicherweise hatte ich im Flugzeug meine Ruhe, denn mein Sitznachbar, ein dicker Kerl mit lichtem Haar, rutschte bei jedem meiner Schluchzer ein Stückchen weiter weg und überließ mich ganz meinem Schicksal.

Nach einem kurzen Nickerchen, welches sich mein Körper wohl nur aus Erschöpfung geholt hatte, schaute ich mich desorientiert in dem Raum um, und erkannte, wo ich mich befand. Mein Kopf pochte, meine Augen waren verquollen vom

Weinen.

Ich wagte es und sah auf mein Handy. Zwanzig Anrufe. Zehn Nachrichten. Alle von Nic.

Ich löschte sie ungelesen und legte mein Telefon wieder auf den Nachttisch. Auch Dennis hatte es, nachdem ich ihn erwischt hatte, wochenlang versucht. Wie sich herausstellte jedoch nicht, weil er mich zurückwollte, sondern in der Hoffnung auf eine Chance auf einen Job mit meinem Vater.

Aber was wollte Nic? Egal. Catherines nackter Körper unter seiner Bettdecke war eindeutig genug! Uns beide konnte er nicht haben und ich hatte ihm seine Lügen auch noch geglaubt. Von wegen befreundet. Aber er war so liebevoll zu mir ...

Ich starrte an die Decke und versuchte kläglich, meine Gedanken zu sortieren. Langsam wurde es hell draußen, die Sonne schien durch die zugezogenen Gardinen.

Leise klopfte es an der Tür und Isa steckte ihren Kopf hinein. Sie schenkte mir ein warmes Lächeln, stellte ein Tablett neben mir ab und setzte sich auf die Bettkante.

»Wie geht es dir?« Sanft streichelte sie meinen Kopf.

Tränen füllten erneut meine Augen. Toll! Irgendwann musste ich doch endlich ausgetrocknet sein.

»Es geht«, antwortete ich ihr und sie sah mir mitleidig entgegen.

»Ich hab dir Frühstück gemacht. Und Tee.«

»Kein Hunger«

»Bitte trink wenigstens etwas«

Ich nickte leicht und sie ging wieder zurück zur Tür.

Mit einem letzten »Wenn wir etwas für dich tun können, sag einfach Bescheid!«, verließ sie das Zimmer und ich suhlte mich weiter in purem Selbstmitleid.

Ich hatte es geschafft, drei Tage nur aufzustehen, wenn es sich überhaupt nicht vermeiden ließ. Natürlich hatte ich auch ein schlechtes Gewissen, dass Max und Isa mich bedienen mussten, mir Essen und Trinken brachten, welches ich dann doch nicht anrührte, aber ich konnte es nicht ändern. Es wollte einfach nicht klappen, den Schmerz abzuschütteln. Im Gegenteil. Mich beschlich das Gefühl, je länger ich von Nic getrennt war, desto mehr vermisste ich ihn.

Mathis hatte ich am zweiten Tag nach meiner Abreise angerufen und ihm weismachen können, dass ich aufgrund des Jobdrucks nicht wiederkommen würde. Es tat mir leid für ihn und das

Team und ich bedauerte es sehr, weil ich den Job wirklich gerne gemacht hatte. Aber auch das konnte ich nicht ändern, denn zurückzugehen war definitiv keine Option. Vielleicht irgendwann, aber nicht in absehbarer Zeit.

Neben der Traurigkeit erfüllte mich langsam aber sicher auch Wut. Nic hatte mir den Ausblick auf eine Karriere als Fotografin in Paris versaut! Ich hasste ihn! Na gut, ihn zu hassen schaffte ich trotz allem nicht, aber trotzdem war ich unwahrscheinlich wütend und das war gut so, denn die Wut ließ weniger Platz für Trauer.

Heute Morgen hatte ich Emma und Connie angerufen, um ihnen zu sagen, dass ich wieder zurück war. Ich hätte gerne länger mit ihnen telefoniert, aber das Mitleid, welches sie mir entgegenbrachten, drückte mich erneut zu Boden.

Aus diesem Grund beschloss ich, dass heute der Tag war, an dem ich zumindest wieder aufstand und mich wie ein zivilisierter Mensch benahm.

Ich kämmte mir die Haare, denn meinen Kopf hätte man auch gut auf einem Feld voller Raben als Abschreckung nutzen können, danach ging ich duschen.

Nach dieser Erfrischung ging es mir gleich ein wenig besser. Max und Isa waren arbeiten und ich hatte sozusagen freie Bahn, was mir ganz Recht war. Denn die Frage danach, wie ich mich fühlte, konnte ich nicht beantworten, ohne in Tränen auszubrechen.

Eine kleine Mahlzeit und eine halbe Flasche Wasser später, wagte ich einen Blick auf mein Handy. Nic hatte immer noch nicht aufgegeben.

Mein Herz pochte heftig, denn ich konnte meinen Finger nicht davon abhalten auf Öffnen zu drücken, anstatt auf löschen.

Paula! Gib mir endlich eine Chance es zu erklären!

Löschen! Genauso wie die anderen. Erklären, was dachte er sich eigentlich? Ich wusste genau, wie seine Erklärungen aussahen.

Es tut mir leid, Paula, ich wusste nicht, was über mich gekommen war, blablabla.

Nichts gab's, vor allem kein Zurück!

Und mit dem Ausblick auf meine Zukunft fing ich an, meine Sachen zu packen, denn ich musste so langsam wieder in mein Leben finden und in meine Wohnung.

Dort angekommen fiel mir auf, dass ich das Päckchen mit den Postkarten von Emma und Connie bei Jill vergessen hatte. Ich wollte mich sowieso noch bei ihr melden und rief sie an.

Wir telefonierten einige Zeit, und ich gab ihr

meine Adresse durch, damit sie es mir hinterher-
schicken konnte.

Meine Freundinnen hatten sich damit so eine
Mühe gemacht, dass ich nicht wollte, dass das Geschenk irgendwo verloren ging.

Jill berichtete mir außerdem, dass Nic die ersten
beiden Tage mehrmals vor der Wohnungstür gestanden hatte. Er wollte ihr zuerst nicht glauben,
dass ich abgereist war, aber ging dann doch. Er
hatte ihr irgendwas erzählt davon, dass es ein
Missverständnis wäre, aber ich wechselte abrupt
das Thema, denn ich wollte davon weiß Gott
nichts hören.

Es war mittlerweile eine Woche vergangen. Ich
fühlte mich einsam hier, und wäre am liebsten
wieder zurück zu Max und Isa gegangen. Aber die
beiden steckten mitten in den Hochzeitsvorberei-
tungen. Zum einen wollte ich sie dabei nicht
stören, zum anderen konnte ich es, so sehr ich
mich auch für sie freute, kaum ertragen, ihnen
dabei zuzuhören.

Ich legte den Laptop beiseite, der auf meinem
Schoß gestanden hatte, damit ich die neuesten
Stellenanzeigen durchforsten konnte. Leider fand
ich nicht annähernd so einen Job wie diesen, den

ich aufgegeben hatte. Vielleicht sollte ich zu Herrn Koch zurück. Wenn ich nett darum ... nein! Tief in mir drin wusste ich, dass dies keine Option war.

Ich griff zu meinem Handy und wählte Emmas Nummer. Sie ging glücklicherweise sofort dran.

»Hi Süße! Wie geht es dir?«

»Ganz okay«, sagte ich und war froh, wenigstens nicht mehr losheulen zu müssen, nach dieser Frage.

»Was machst du heute nach Feierabend?«, fragte ich sie.

»Na also! Willst du mich endlich wieder sehen? Ich bringe Eis und Sekt mit!«

Ich lächelte. »Danke!«

»Nicht dafür! Ich muss aufhören, Kundschaft! Bis später!«

»Bis später!«

So, jetzt musste ich die nächsten Stunden nur eine Ablenkung finden, bis Emma hier war. Den Küchenboden sowie die Fenster hatte ich bereits geschrubbt. Vielleicht sollte ich das Bad nochmal in Angriff nehmen?

Die Klingel schrillte und ich stockte in meiner Bewegung, weil ich gerade sowieso aufstehen wollte. Vielleicht kam die Post mit dem Päckchen von Jill endlich an.

Nachdem ich die Sprechanlage abgehoben hatte

und ein »Hallo?« hineinkrächzte, blieb mir fast das Herz stehen, als ich vernahm, wer sich am anderen Ende der Leitung befand.

»Paula? Bitte mach mir auf, wir müssen reden!«

Ich knallte den Hörer auf und ging aufgeregt in meinem Flur auf und ab. Nervös kaute ich am Nagel meines Daumens. Wie hatte Nic mich gefunden?

Es klingelte erneut. Einmal. Zweimal. Dreimal. Ich wurde immer nervöser.

Mit feuchten Fingern blieb ich stehen und lauschte an meiner Tür. Mein Herz klopfte mir bis zum Hals, als ich polternde Schritte die Treppen nach oben gehen hörte.

Nic hämmerte heftig gegen meine Tür und rief immer wieder, dass ich aufmachen sollte.

»Bitte! Lass es mich dir doch erklären! Da war nichts mit Catherine!«

»Hau ab!«, schrie ich meine Tür an und rannte in mein Schlafzimmer. Dort zog ich mir mein Kopfkissen über die Ohren, bis ich nach einigen Stunden endlich vernahm, dass er aufgegeben hatte.

Meine Tränen wollten erneut nicht versiegen.

Kapitel 28

Zwei Tage später hatte ich immer noch keinen neuen Job gefunden. Was aber eigentlich gar nicht so schlimm war, denn ich traute mich so oder so nicht vor die Tür, weil ich Angst davor hatte, Nic zu begegnen.

Wobei er nach seinem Auftritt vor meiner Wohnung nicht wieder aufgekreuzt war, und ich die Hoffnung hatte, dass er aufgegeben hatte. Aber, hoffte ich wirklich darauf, dass er aufgab? Meine Gedanken kreisten ständig nur um dieses Thema. Auch, ob ich Jill verzeihen konnte, dass sie ihm meine Adresse gegeben hatte. Anscheinend hatte er sie ganz gut um den Finger wickeln können.

Was wäre, wenn ich ihm ebenfalls verzeihen würde? Vielleicht war es nur ein Ausrutscher und würde nicht wieder vorkommen. Oder vielleicht hatte er recht und da war nichts?

Ich seufzte. Wie weit war ich gesunken, dass ich an so etwas überhaupt dachte?

Lustlos lag ich auf meiner Couch und zappte durch die Fernsehprogramme, bis es plötzlich an der Tür klingelte und mein Herz erneut einen Sprung tat. Ein Blick auf die Uhr meines DVD-

Players zeigte mir zweiundzwanzig Uhr.

Bitte, lass es nicht Nic sein! Bitte, lass es nicht Nic sein! Betete ich wie ein Mantra vor mir her, während ich zur Tür ging.

»Hallo?«, sagte ich unsicher in die Sprechanlage und seufzte erleichtert aus, als ich Emmas befehlshaberische Stimme vernahm. »Mach auf, sofort!«

Ich drückte auf den Summer und öffnete die Haustür. Sie umarmte mich, nachdem sie bei mir angekommen war und schob mich in die Wohnung.

»So, fertig jetzt mit Mitleid! Du gehst duschen, ziehst dir was Nettes an und kommst mit!«

Ich schüttelte mit dem Kopf und verschränkte die Arme vor der Brust. »Vergiss es, ich hab keine Lust auf Ausgehen.«

»Der Plan beinhaltet keine Option auf Widerworte!« Ihr Ton bedeutete mir, dass es zwecklos war, mich zu wehren und ich trottete lustlos ins Badezimmer.

Auch wenn ich erst nicht wollte, es tat gut, die alten Schlafklamotten abzustreifen und in ein hübsches Kleid zu steigen, mir leichtes Make-up aufzulegen und die Haare zu frisieren.

»Fertig«, sagte ich, stand im Türrahmen zum Wohnzimmer und beobachtete Emma, wie sie die Fernbedienung weglegte und von meinem Sofa aufstand.

»Sehr gut!«, lobte sie mich und ich griff nach meiner Handtasche und Jacke, die beide an meiner Garderobe im Flur hingen.

Als wir in ihrem weißen Audi A1 saßen, drehte ich meinen Kopf zu ihr, während sie den Wagen startete.

»Wo fahren wir eigentlich hin?«

»Überraschung«, sagte sie knapp und ich seufzte. Ich mochte keine Überraschungen, und wieso war sie so einsilbig? Wenn sie mich aus meinem Trott rausreißen wollte, dann bestimmt nicht, wenn mir der Abend keinen Spaß machte.

Wir fuhren durch die Stadt, die im Dunkeln lag. Straßenlaternen beleuchteten hell die Bürgersteige, auf denen immer noch einige Menschen unterwegs waren. Der Sommer hatte mittlerweile fast seinen Höhepunkt erreicht, die Nacht war jedoch weiterhin etwas kühl und die frische Luft strömte durch das halb geöffnete Fenster.

Emma fuhr in Richtung Innenstadt und ich wunderte mich nicht weiter, weil es dort diverse Bars und Kneipen gab, in denen wir des Öfteren einkehrten. Bis sie allerdings vor einem der Wolkenkratzer Frankfurts hielt, mich ansah und keinerlei Anstalten machte sich abzuschnallen und auszusteigen.

»Warten wir hier auf jemanden?«

»Nein. Sie warten auf dich.«

»Sie?«, fragte ich verwirrt. »Was soll das, Emma?«

Sie lächelte mir liebevoll entgegen: »Vertrau mir.«

Und das tat ich. Mir blieb aber auch nichts anderes übrig, bei ihrer herrischen Stimmung. Ich stieg aus und sah dem Auto hinterher, während sie davonfuhr. Es fröstelte mich und ich war mir nicht sicher, ob es an der kalten Luft oder der Aufregung lag, die nun in mir wühlte.

»Frau Brandl?«

Ich drehte mich überrascht um, als ich hinter mir eine unbekannte Stimme vernahm, die auch noch meinen Namen kannte.

»Ja?« Ein Mann, in eindeutigem Kellneroutfit, stand vor mir und bedeutet mir, ihm zu folgen. Kurz war ich dran, einfach die Straße herunterzurennen, denn mir war dieses ganze Theater überhaupt nicht geheuer.

Dann siegte jedoch meine Neugier und ich folgte ihm in einen gläsernen Fahrstuhl. Er drückte den obersten Knopf des Bedienteils und mir wurde mulmig, als wir in rasendem Tempo in den 55. Stock fuhren.

Der Boden entfernte sich immer schneller und in meinem Bauch kribbelte es, während sich die Perspektive änderte und ich durch die Glasfassade die meisten der Häuser um uns herum nur noch von oben sah.

Das Ping begleitete unsere Ankunft und ich zögerte, bis ich endlich den Mut fand, um auszusteigen.

Ein weiterer Kellner begrüßte mich und hielt mir ein silbernes Tablett entgegen. Jetzt war es wohl eindeutig, was hier gerade vor sich ging, und ich war mir nicht sicher, ob es noch die Möglichkeit gab, umzukehren. Mit einem netten Lächeln hielt er mir regenbogenfarbene Macarons entgegen, mein Herz klopfte aufgeregt und meine Finger wurden feucht. Oder war es nur ein Zufall?

»Madame, eine kleine Vorspeise?«, fragte er mich und ich nahm mir höflichkeitshalber einen davon herunter, konnte aber vor lauter Aufregung keinen Bissen machen. Der Kellner, der mich auch im Lift begleitet hatte, bedeutete mir, ihm zu folgen, und führte mich durch ein nobles Restaurant mit raumhohen Glasfenstern, durch welche man die Lichter der Stadt sah. Auf den Tischen lagen weiße Tischdecken und darauf standen hohe Kerzenständer, bei denen die Kerzen, die darin steckten, wild tanzten.

Ich schob mir das Gebäck nun doch in den Mund, eigentlich nur, weil ich es nicht mehr herumtragen wollte, und musste mir ein Seufzen unterdrücken, weil es wirklich unglaublich gut schmeckte. Sofort rief der Geschmack Erinnerungen hervor, die ich Tage zuvor fest in meinem Gedächtnis davon geschoben hatte. Ich musste den dicken Kloß in meinem Hals mit dem Macaron herunterschlucken.

Ich suchte die Tische mit meinen Augen ab, weil ich erwartete, Nic an einem von ihnen zu sehen, aber der Kellner führte mich durch den gesamten Raum, eine kleine Wendeltreppe hinauf.

Oben angekommen, blieb er vor einer dunkelbraunen Holztür stehen.

»Sie werden erwartet«, sagte er, verschränkte die Hände hinter dem Rücken und machte keine Anstalten, mitzukommen.

Die Aufregung ließ mich immer heftiger frösteln und ich drückte mit zitternden Fingern den goldenen Türgriff herunter. Frische Luft strömte mir entgegen und ich blinzelte, als ich mitten auf einer riesigen Dachterrasse einen einzelnen Tisch, schön gedeckt mit flimmernden Kerzen und weißem Porzellan, sah.

Und daneben stand er. Mein Nic. Ich hielt den Atem an. Er sah fabelhaft aus, in seinem dunklen Anzug mit dem weißen Hemd darunter. Seine blauen Augen funkelten im Licht der brennenden Fackeln, die sich am Rand des Geländers rings um die Terrasse zogen.

Ich hörte, wie die Tür hinter mir zufiel und zuckte zusammen. Nic kam langsam auf mich zu, streckte vorsichtig die Arme aus, als wollte er mich nicht erschrecken.

Mein Herz hämmerte wild und ich wollte nichts sehnlicher, als mich in seine Arme zu werfen. Seinen warmen, kräftigen Körper an mir spüren, seinen Geruch in mich einsaugen und mich endlich wieder vollständig fühlen.

Ich konnte mich jedoch nicht aus meiner Starre befreien und sah, wie er immer weiter auf mich zukam, bis er knapp vor mir stehen blieb und meine Hände mit seinen umgriff.

»Paula«, sagte er und allein der Klang seiner Stimme ließ mich zittern.

»Ich hab dich vermisst«, flüsterte er und ich konnte mich endlich seinem Bann entziehen. Ich entriss ihm meine Hände, stolperte rückwärts und drehte mich herum. »Bleib bitte! Lass es mich erklären!«, flehte er und meine Hand schwebte über dem Türgriff. Ich schluckte und ließ langsam meinen Arm sinken. Seine pure Anwesenheit in meinem Rücken brachte mich dazu, nicht mehr klar denken zu können. Seine Schritte hallten über den grauen Steinboden, als er die Entfernung zwischen uns überbrückte und mich zu ihm drehte. Er sah mir so intensiv in die Augen, dass Tränen in meinen aufstiegen.

»Warum?«, fragte ich fast tonlos und er zog mich an sich. Seine Hände strichen an meinem Rücken auf und ab und ich vergrub den Kopf in seinem Sakko.

»Wieso hätte ich sie denn einladen sollen, wenn wir verabredet waren? Das wäre doch absolut dumm! Da war nichts mit Catherine, das musst du mir glauben. Also, zumindest nicht, seitdem du und ich zusammen waren«, begann er zu reden und ich legte meinen Kopf in den Nacken, um ihn anzusehen.

Er fing mit dem Daumen meine Tränen auf, seine Augen wanderten über mein Gesicht, als wollte er sich dieses ganz genau einprägen. Ich sah, dass auch an ihm unsere Trennung nicht spurlos vorbeigegangen war. Sein Gesicht war immer noch schön, sah aber eindeutig müde aus. Unter seinen Augen zeigten sich dunkle Ringe und der Schatten seines Bartes war dichter als sonst. Die Falte zwischen seinen Augenbrauen wurde tiefer, als er weitersprach. »Ich hab nicht ganz die Wahrheit gesagt. Ja, wir hatten mal einige Monate etwas miteinander. Aber das ist schon drei Jahre her und eigentlich hatten wir uns im Guten getrennt. Es hat einfach nicht funktioniert, ich hab nichts für sie empfunden. Als ich vor einigen Wochen hier in Frankfurt war, als wir zwei uns kennenlernten, hatte Catherine einen Job hier und mich nur auf die Ausstellung begleitet. Da war nichts, wirklich! Ich konnte seit unserem ersten Treffen nur noch an dich denken!«

»Wie kam sie in deine Wohnung?«, unterbrach ich ihn. Ich wollte es wissen! Ich musste es wissen!

»Mein Vermieter wohnt im ersten Stock. Er kannte Catherine, weil er sie eben früher des Öfteren gesehen hatte und sie wusste auch, dass er unten wohnte, weil ich damals einmal meinen Schlüssel vergessen hatte. Also hat sie ihn darum gebeten, dass er ihr aufmacht. Sie hatte ihm wohl irgendwas erzählt von Geburtstag und Überraschung.«

»Woher wusste sie denn, dass ich kommen würde?«

»Sie hat uns in der Agentur belauscht, in der Küche. Paula, glaub mir, sie hat das alles geplant. Um uns auseinanderzubringen! Und das hat sie auch geschafft«, sagte er traurig und drückte mich noch enger an sich.

»Sie hat mir alles gestanden, als ich sie nach dem Einkaufen in meiner Wohnung gefunden habe. Ich wollte für uns kochen, diesmal wirklich.« Er lächelte bitter. »Glaub mir, ich hab sie sofort rausgeschmissen und bin zu dir gefahren! Aber du warst schon weg und ans Telefon bist du natürlich auch nicht gegangen. Es tut mir so leid, dass du diesen Schmerz nochmal durchmachen musstest. Es war mir klar, weshalb du auf gar nichts reagiert hast.«

Er senkte seine Stimme, umfasste mein Gesicht und wisperte: »Du kannst sie fragen, sie wird dir jetzt die Wahrheit erzählen. Ich war dir treu. In der Vergangenheit, Gegenwart und in der Zukunft! Paula, ich liebe dich!«

Eine Gänsehaut wechselte sich ab mit heiß-kalten Schauern. Die Tränen liefen mir unaufhörlich die Wangen hinab und meine Knie wurden weich.

Denn ich glaubte ihm. Jedes einzelne Wort! Wieso war ich so dumm und hatte mir seine Geschichte nicht angehört? Ich war vernebelt durch meine eigene Erfahrung, die ich nie wieder erleben wollte.

Er senkte seinen Kopf zu mir herunter und endlich berührten sich unsere Lippen. Ich spürte seinen starken Herzschlag an meiner Brust, und unsere Herzen schlugen fast in dem gleichen schnellen Takt. Mit den Händen umgriff ich seinen Rücken und drückte ihn fest an mich. So lange hatte ich darauf gehofft ihn wiederzuhaben, ihn spüren zu können.

Unsere Zungen umspielten sich leidenschaftlich,

bis er sich von mir löste und ich sein erleichtertes Lächeln sah.

»Kommst du zurück zu mir, Chéri?«, fragte er leise mit einem Glitzern in den blauen Augen.

Ich nickte. »Ja«, flüsterte ich.

Sein Grinsen wechselte zu einem Lachen. Er drückte mich an sich und wirbelte mich über die Dachterrasse.

Außer Atem kamen wir zum Stehen und küssten uns immer wieder, bevor er mich zum Tisch führte.

»Moment, wie hast du mich eigentlich gefunden?«, fragte ich ihn.

»Du hast etwas von deiner Emma erzählt, und ich habe jede Boutique in Frankfurt angerufen, bis ich sie gefunden habe. Sie war direkt dabei, mir zu helfen.«

Ich lachte.

»Madame, haben Sie Hunger?«, er zog mir den Stuhl zurück und ich setzte mich. Ich spürte seine Bartstoppeln über die Haut meines Nackens kitzeln, als er mir einen Kuss darauf drückte und mir eine weiße Decke über die Schultern hängte, weil es draußen in der Nachtluft doch recht frisch geworden war.

Als er sich mir gegenüber gesetzt hatte, konnten wir kaum die Augen voneinander lösen. Genauso wenig wie unsere verhakten Finger, die auf der Tischdecke lagen.

Ich war mir nun sicher, endlich wieder komplett zu sein und hatte es auch vor für immer zu bleiben.

Epilog

»Paula, warte!«

Natalie sprang hinter der Empfangstheke hervor und lief mir, wild wedelnd mit einer Akte in ihrer Hand, hinterher.

Ich drehte mich zu ihr um, hastig, denn eigentlich hatte ich keine Zeit.

»Hallo! Was hast du?«

»Hier, die Genehmigungen für die Shootings nächsten Monat!«

Ich nahm die Mappe entgegen und bedankte mich mit einem Lächeln.

Nach einem: »Nicht dafür!«, von ihr, ging sie wieder zurück und ich konnte meinen Weg fortsetzen.

Nachdem Nic und ich gemeinsam die Agentur vor vier Jahren in Frankfurt eröffnet hatten, kurz nach unserer Versöhnung, hatte ich Natalie von Herrn Koch abgeworben. Bereitwillig kündigte sie, und ich stellte sie als meine Empfangsdame und Assistentin ein.

Ich schaute auf meine Armbanduhr und lief weiter mit großen Schritten über den Flur. Meine schwarzen Sneakers quietschten auf dem Boden.

Hoffentlich war Nics Besprechung mit dem neuen Fotografen bereits fertig. Er hatte ihn vor zwei Wochen bei einer Ausstellung entdeckt. Tommy beendete erst frisch seine Ausbildung, aber er hatte eindeutig Talent. Und das war das, worauf wir achteten.

Wir hatten uns darauf spezialisiert jungen Nachwuchsfotografen eine Chance zu geben und diese zu fördern, damit sie überall auf der Welt einen Job bekommen konnten, wohin sie auch wollten.

Vor Nics Büro blieb ich stehen, drückte die Klinke herunter und trat ein.

Er saß hinter seinem Schreibtisch, hob neugierig den Kopf und seine blauen Augen funkelten mir entgegen, als er mich erkannte.

»Chéri, du bist früh heute!«

Ich schloss schwungvoll die Tür und überbrückte die Entfernung zwischen uns, weil ich es keine Minute mehr länger aushielt, ohne ihn zu berühren.

Er drückte sich vom Tisch weg und ich setzte mich seitlich auf seinen Schoß, schlang meine Arme fest um ihn.

»Du weiß doch, Max und Isa haben uns heute Abend zum Essen eingeladen.«

»Und?«

»Und ich konnte es nicht mehr erwarten, dich zu

sehen.«

Er lachte und seine Hand schlang sich um meinen Nacken. Sanft zog er mich zu sich und berührte zart meine Lippen mit seinen.

»Und wie geht es meiner Frau heute?«

Ich grinste und drückte ihm einen weiteren Kuss auf den Mund.

»Sehr gut.«

Er senkte den Blick und legte seine Hand auf meinen mittlerweile kugelrunden Bauch. »Und unserem Kleinen?« In seine Augen trat ein liebevoller Schimmer.

Die Stelle, an der seine Hand auf meinem weiten Shirt lag, wurde warm und ein Prickeln breitete sich aus.

»Bestens.« Nic hob den Kopf und lächelte mich an. Ich konnte immer noch nicht fassen, was für ein unfassbares Glück wir hatten.

Danke Paris.

Danksagung

*I*ch danke nicht nur *Paris,* für die Idee zu dieser Geschichte!

*I*ch danke vor allem meinen *Lesern,* die mit ihrer unglaublichen Begeisterung meine Bücher erst zum Leben erwecken.
Ohne euch wären Paula&Nic, Max&Isa oder auch Gwen&Mike sehr einsam!
Ohne euch wären meine Geschichten nur Worte auf einem Blatt Papier.

*I*ch danke meinen lieben *Testleserinnen* und meiner *Lektorin*. Danke, dass ihr mit mir in mühevoller Kleinstarbeit an dem Text geschliffen, Ideen eingebracht und mir ein ehrliches Feedback gegeben habt!
Ohne euch wäre die Geschichte nun nicht so perfekt, wie sie hier steht.

*I*ch danke meiner *Familie*. Danke, dass ihr für jede meiner Ideen ein positives Wort übrig habt! Danke, dass ihr meine Begeisterung auch für

diesen konfusen Wunsch, Autorin zu werden, teilt! Danke, dass ihr liebevolle, badische, Rocker-Leseratten seid!
Ohne euch wäre ich allein.

*I*ch danke meinem *Mann*! Dass du es erträgst, mich an einem Tag vielleicht dreimal zu sehen, während ich vor dem Schreibtisch festwachse! Danke, dass du Verständnis dafür hast, das meine Gedanken oft in andere Welten abdriften! Und danke dafür, dass du dir diese Gedanken auch noch jedes Mal anhörst! Danke, dass du selbst dann nicht meckerst, wenn mein Handydisplay zu hell blinkt, weil mir mitten in der Nacht wieder eine Idee kommt, die schnell aufgeschrieben werden muss.
Ohne dich wäre ich nur halb.
Bis zum Mond und zurück.

So und jetzt reicht's, ich werd schon ganz sentimental ;-)
Love ya all!

Hat dir das Buch gefallen?
Bereits veröffentlichte Bücher:

Mai 2016	Bad Girls - Gwen&Mike 1
Juli 2016	Bad Girls - Gwen&Mike 2

Eine Leseprobe befindet sich weiter unten!

Leseprobe Bad Girls - Gwen&Mike 1

1

Mike

»Komm mit!«, hatte er gesagt.

»Es wird lustig, Mike!«, hatte er gesagt.

Und nun stand ich hier, meinen Arm an der dreckigen Theke abgestützt, ein schales Bier in der Hand. Laute Musik wummerte mir in den Ohren, die wogende Menschenmenge schubste mich in regelmäßigen Abständen von links nach rechts, während sie sich in dem dröhnenden Takt des DJs bewegte. Trotz meines luftigen T-Shirts standen mir die Schweißperlen in dieser heißen, stickigen Luft auf der Stirn. Beißender Zigarettenqualm, vermischt mit dem Geruch fremden Schweißes, stieg mir in die Nase, und ich hielt kurz angewidert die Luft an, bis der Schwall vorüberzog, darauf wartend, dass der nächste anrauschte. Der Blick auf meine Armbanduhr bedeutete mir, dass ich bereits zu Hause sein wollte, aber Kai hatte es mit seinem flehenden Blick und dem herzzerreißenden Betteln geschafft, dass ich blieb. Das von ihm bezahlte Bier, welches ich nun lauwarm in einer verklebten Flasche in meiner Hand hielt, machte es zumindest etwas erträglicher. Der Grund für meinen Aufenthalt hier war klar, ich musste nachher für ihn und seine heutige Herzensdame Taxi spielen. Kopfschüttelnd fragte ich mich, weshalb ich nicht einfach ging, bester Kumpel hin oder her.

Mit einem Blick durch die zuckenden Stroboskoplichter sah ich ihn in der Menge eng umschlungen mit einer aufgetakelten Blondine tanzen.

Ich gab ihm noch genau zehn Minuten, dann würde ich von hier verschwinden. Mein Blick schweifte weiter durch den überfüllten Raum, während ich die Flasche erneut an meine Lippen setzte. Wieder wurde ich nach links gedrückt, als sich eine Gruppe Frauen in knappen Kleidchen mit peinlichen Junggesellinenschärpen an mir vorbeischob.

Rücklings drückte ich mich an die Bar. Der Versuch, sie mit meinen genervten Blicken zu erdolchen, missglückte mir leider.

Ich erstarrte in meiner Bewegung, nachdem ich zum ersten Mal ihr schwarzes Haar seidig im Licht der Scheinwerfer schimmern sah. Ihr Blick senkte sich unter ihren dichten Wimpern und sie trottete lustlos den nervigen Hühnern von eben hinterher, bedacht, den Inhalt ihres gut gefüllten Longdrinkglases nicht zu verschütten, wenn einer dieser besoffenen Idioten sie anrempelte.

Und die gab es hier zuhauf. Ihr Gesicht drückte die gleiche Freude aus, die mich überfiel, als ich hierher gezerrt wurde.

Ein schadenfrohes Grinsen umspielte meine Lippen, wenigstens war ich nicht der Einzige heute, der keine Lust hatte hier zu sein. Ihr enger Jeansrock saß tief auf ihren scharfen Hüften und rutschte bei jedem ihrer Schritte ein Stückchen auf ihren Oberschenkeln nach oben.

Das hautenge weiße Top spannte über ihrer perfekten Brust und unwillkürlich regte sich etwas in mir. Sie befand sich nur noch wenige Schritte von mir entfernt und ich setzte mit nassen Fingern meine Bierflasche auf dem Tresen ab.

Im gleichen Moment schubste ein besoffenes Arschloch sie mit solch einem Stoß nach vorne, der jedem professionellen Tackle in einem Footballspiel Ehre machte, und ich verspürte das Bedürfnis, ihm dafür eine zu verpassen.

Ruckartig trat ich ihr einen Schritt entgegen, um sie aufzufangen, als sich ihr komplettes Getränk, dem Geruch nach zu urteilen Whisky-Cola, eiskalt auf meinem T-Shirt ergoss. Mit meinen Händen griff ich ihre Schultern und grub mich mit den

Fingern dabei fest in ihre weiche Haut.

Mein Herz vollführte einen Sprint, ich zog ihren Oberkörper noch enger an meinen und mein nasses Oberteil drückte sich klamm auf meine Brust. Jedem anderen hätte ich eine reingehauen, duschte er mich mit seinem klebrigen Getränk, bei ihr machte es mir allerdings nichts aus, wenn ich dafür ihren warmen Körper an meinem halten konnte.

Als ihr Blick nach oben wanderte und meinen erfasste, begannen ihre Wangen rot zu glühen.

Kurz sah ich darin Erstaunen aufblitzen, danach etwas anderes, was in mir die plötzliche Lust weckte, sie noch enger an mich zu ziehen und einfach zu küssen.

»Sorry«, murmelte sie und ich grinste frech in ihr hübsches Gesicht. Meine Augen streiften zu ihren vollen Lippen und zurück zu ihrer grünen Iris, die im flackernden Licht blitzte. »Jetzt muss ich mich wohl ausziehen. Wenn du mich nackt sehen wolltest, hättest du es nur zu sagen brauchen, Kleines.«

Sie zog empört ihren Atem ein und stemmte sich mit ihren kleinen Händen erfolglos gegen meinen Oberkörper.

Nun musste ich sie wohl oder übel loslassen, sollte es nicht so aussehen, als wäre ich ein

Vergewaltiger und hätte nur auf diese Chance heute Abend gewartet. Mit ihrem Zeigefinger drückte sie spitz gegen meine Brust.

»Du denkst auch, du bist unwiderstehlich oder?« Ihr langes Haar streifte meine Schulter, nachdem sie sich an mir vorbeidrückte und ich einen letzten Atemzug ihres frischen, blumigen Duftes genießen konnte.

Mit einem Grinsen auf meinen Lippen sah ich ihrem knackigen Po hinterher. Sollte der Abend doch noch ganz nett enden?

Die Jagd hatte begonnen.

Printed in Great Britain
by Amazon